Verfall

Ilse Hampe

© 2024 Ilse Hampe
Verlag: BoD · Books on Demand GmbH,
In de Tarpen 42, 22848 Norderstedt
Druck: Libri Plureos GmbH, Friedensallee 273,
22763 Hamburg
ISBN: 978-3-7597-7800-0

Inhaltsverzeichnis

Vorwort	5
Eine Männergesellschaft	7
Die neuen Alten	23
Es war einmal	57
Stadt- und Landansichten	73
Noch Industriestandort?	84
Bibliographie	92

Vorwort

Altern ist ein normaler Prozess, für uns Menschen genauso wie für Gebäude, Wirtschaftszweige und Industrien. Parallelen, Ähnlichkeiten in der Entwicklung sind bei ihnen allen feststellbar. Im konstanten Wandel kann vieles ersetzt, erneuert werden, Branchen können aufblühen, sich entfalten oder doch - aus welchen Gründen auch immer - untergehen. Es ist aber einzig und allein der Mensch, der einem sicheren, unausweichlichen Ende zusteuert.

Von diesem Verfall, der uns umgibt, dem wir auf Schritt und Tritt begegnen, wenn wir die Augen dafür weit offenhalten, handelt dieses Buch. Es sind Beispiele genannt, zu denen noch unzählige hinzugenommen werden könnten, sowohl für menschliche Fälle wie für welche in unseren Städten und Landschaften. Vieles übersehen wir absichtlich, denn es ist das Schöne, Erfreuliche, das zu unserem Wohlbefinden beiträgt. Dennoch geschehen unaufhörlich derartige Umbrüche, übrigens seit Menschengedenken. In unserem Zeitalter der Nachhaltigkeit und des Aussetzens der Großfamilie soll dieses Werk ein wenig zum Nachdenken anregen oder noch besser: Zur Achtsamkeit für unsere Wirklichkeit.

Eine Männergesellschaft

Er fiel sofort auf, denn er ging barfuß! Die Zehen ein wenig befallen, nicht gerade ein Augenschmaus. Die Hose, eine einfache graue Jogginghose, hing labberig an seinen Beinen herunter. Zeichnete sich nicht gerade durch übermäßige Reinlichkeit aus. Er sprach sie an, offensichtlich erfreut, dass er ein Opfer ausfindig gemacht hatte. Die anderen kannten seine Geschichten sicherlich in- und auswendig! Niemand interessierte sich mehr dafür. Aber Adelheid, sie hörte ihm zu. D. h. sie unternahm den Versuch! Das war schon viel wert für ihn und anstrengend für sie, denn er lallte monoton vor sich hin, verstehen konnte sie nur ein paar Brocken. Sie wusste nicht, wen sie vor sich hatte. Vielleicht war er früher ein angesehener Universitätsprofessor gewesen. Nunmehr in die Anonymität des fortgeschrittenen Rentenalters verdammt. Abgeschieden von vergangener Brillanz.

„Bei dem heutigen milden Wetter ist Ihnen ohne Schuhe bestimmt nicht zu kalt!", antwortete sie auf seinen unverständlichen Redeschwall. „Aber nein, ich ziehe auch im Winter nichts über meine Füße!", lautete diesmal die Antwort ganz klar. „Ausgenommen sicherlich bei Schnee und Glätte!", führte sie die Konversation fort. „Aber doch!", und dann folgten ihr unerklärliche Laute, sodass sie nur zustimmend nickte. Ihm war sein Monolog wichtig, nicht der Dialog. Zufrieden ging er des Weges, eine Erlösung für sie. Und eine Woche später wollte Adelheid ihn auf seine nun doch besohlten Füße ansprechen, von ihm erfolgte aber keinerlei Reaktion. Er schaute sie kaum an. Hatte er ihr vormaliges

Gespräch bereits vergessen? Litt er an der neuen Volkskrankheit der älteren Generation? Durchaus möglich.

Bei diesem Eindruck sollte es aber nicht bleiben. Adelheid staunte nämlich nicht schlecht, als sie erfuhr, dass ihr Barfüßler, tatterig wie er ihr erschien, als Chauffeur für seinen Freund und Nachbarn Dieter fungierte! Sozusagen ein Einäugiger, der einem Blinden unter die Arme griff! Denn Dieter war noch schlimmer dran! Er hatte einige Jahre zuvor einen Schlaganfall erlitten, war halbseitig gelähmt und ohne Rollator kaum gehfähig, augenscheinlich geistig hingegen viel fitter als sein Fahrer. Dieter auf diesen angewiesen, obwohl ihm die Gefahrensituation mit solch einem Autolenker sicherlich bewusst war. Adelheid wähnte sich in einem Irrenhaus! Die Insassen dennoch zumindest halbwegs valide!

Eine Gruppe von ca. 18 Personen traf sich regelmäßig in einem Gasthof zum Skat spielen. Wohlgemerkt nicht im Hauptraum mit angemessenem Mobiliar, sondern in einem Nebenraum mit heruntergekommenen Tischen und Stühlen, der Boden abgenutzt, die Toiletten in desolatem, aber akzeptablem hygienischen Zustand, die Luft verbraucht, denn die Fenster durften wegen Zugbildung nicht geöffnet werden. Die Fenster anzufassen wäre sogar ein mit großem Risiko behaftetes Unterfangen gewesen, denn einige wären schnurstracks aus ihren Befestigungen herausgefallen. Für die wenigen Stunden des Beisammenseins und in Anbetracht der außergewöhnlichen Gestalten, die sich hier allwöchentlich versammelten, konnte man den Raum als hinnehmbar bezeichnen.

Neben Adelheid setzte sich ein kleiner, schlanker Mann mit Viertagebart. Gepflegt war auch sein ganzes Outfit nicht. Dafür waren seine Kommentare witzig und voller Esprit. Offensichtlich noch voll auf geistiger Höhe trotz seiner 83 Jahre! Er sei zum fünften Mal verheiratet, offenbarte er Adelheid. Sie staunte nicht schlecht und fühlte sich im Gegensatz zu ihm mit ihrer 50-jährigen einmaligen Ehe erbärmlich ärmlich. Zwischendurch dann ein Hustenanfall seinerseits, bei dem man befürchtete, er würde seine Lungen samt Bronchien in den Saal schleudern! Und danach hin und wieder ein Sabbern, das auf sein ungebügeltes Hemd tropfte! Nicht gerade eine Augenweide. Widerwillen ergriff die Spieler, als sie die klebrigen Karten in den Händen hielten, zusammengeschmolzen durch Fritz' Speichel! Niemand äußerte sich, niemand rügte ihn, man war es gewohnt! Ein jeder mit seiner Eigenheit, ein jeder mit seinen Gebrechen! Alle geeint durch die Degeneration, das Dahinschwinden im Alter, dem langsamen, steten Niedergang einzelner oder mehrerer Fähigkeiten. Geeint durch dieses Wissen, dass es keinem erspart bleiben würde, von diesem Kelch des Verfalls zu kosten. Vor seinem Weggang noch Fritz' Bemerkung: „Ich muss nun schnell nach Hause! Denn meine Ehefrau wird sonst eifersüchtig! Sie befürchtet, ich gehe fremd! In meinem Alter, stell dir das vor!". Keiner lachte, obwohl allen bestimmt danach zumute war. Man respektierte die Besonderheiten des anderen, verbunden durch die schon Jahrzehnte währenden Zusammenkünfte. Macke hin oder her. Jeder war doch einzigartig. Auch Fritz übrigens ein ehemals anerkannter Akademiker.

    Und wie stand es um den langen Robert? Zwischen den Spielen stand er auf, um sich zu recken und zu strecken. Offensichtlich machte ihm sein Rücken zu schaffen. Er bückte sich, gelangte mit den Fingerspitzen bei weitem nicht an den Boden. Adelheid lag ein Kommentar auf der Zunge, hielt sich aber zurück und überlegte: „Wenn ich bedenke, dass ich es im Gegensatz zu Robert schaffe, bei gestreckten Beinen die ganze Handfläche auf den Boden zu legen! Das erwähne ich nicht, demonstriere es ihm ebenso wenig. Wozu denn? Sie sind alle dermaßen höflich untereinander, niemand kränkt den anderen. Die Zeiten des sich Profilierens offensichtlich vorbei! Nachahmenswert!".

Mit Helmut hingegen sah es ein wenig anders aus. Er sei ein Hedonist, äußerte er. Mit diesem Attribut kannte sich Adelheid aus, denn es gehörte zu jenen ihres verstorbenen Gemahls, der auf allen Gebieten ein genusssüchtiger Herr gewesen war. Durch Helmuts Erzählungen wurde ihr allerdings klar, dass sich sein Pläsir ausschließlich auf die Essensaufnahme beschränkte. Er achtete auf einen fein gedeckten Tisch, womöglich durch Kerzenlicht erhellt, auf die genaue Anordnung aufeinander abgestimmter Gerichte. Und vor allem sollte die Zeremonie, denn es handelte sich eher um eine solche, lange andauern, um die Freude daran ausgedehnt zu genießen. Er zeigte Adelheid Fotos von seiner Tafel, wohlgemerkt für eine einzelne Person hergerichtet. In Adelheids Betrachtungsweise war diese Solodarstellung nicht mit einem wohligen Genussgefühl vereinbar. Sie fand somit die Eigenbezeichnung Helmuts nicht angemessen. Sie bezweifelte, dass er die Fähigkeit besaß, sich auch in anderen Bereichen eine Situation auf der Zunge zergehen zu lassen. Bei den meisten Menschen besteht eine Fehleinschätzung des Selbst. Er langweilte sie obendrein mit der Aufzählung verschiedener Öl- bzw. Balsamicosorten, die jeweils zu verschiedenartigen Gerichten passten. Solche Einzelheiten lagen außerhalb ihrer Interessensgebiete. Dabei war Helmut weder fehlende Intelligenz noch Erfolg im Arbeitsleben abzusprechen, denn er gehörte zu der Kaste von hervorragenden Entwicklungsingenieuren in der Autoindustrie.

Herbert wiederum war ein anderer Fall. Ein Hypochonder! „Ich muss mich sehr in Acht nehmen. Ich erwische sonst alle möglichen Bakterien oder Viren", behauptete er offen. Eine Türklinke fasste er nicht an. Er schob sie mit dem Ellenbogen hinunter. Oder er trug Einweghandschuhe. In einem Museum, in einem Restaurant. Und er erkrankte tatsächlich immer wieder. „Pass auf, dass du nicht auch bald im Bett liegst!", meinte er zu Adelheid, die sich aber nicht um diese Gefahren scherte.

Alfred mit seinen 78 Jahren, durch die Osteoporose gekrümmt, verkleinert, stellte wiederum seine Kenntnisse im Computerressort der Allgemeinheit zur Verfügung. Ohne eine Gegenleistung in Anspruch zu nehmen. Offenkundig ein Altruist, eine aussterbende menschliche Sorte! In seinen Augen eine Sünde, so viele wertvolle Kenntnisse mit sich ins Grab hinüber zu tragen.

Edgar erzählte von seinem Hobby: Rockkonzerte. Immer noch! Mit seinen 72 Jahren! Inzwischen fuhr er alleine in alle Richtungen Deutschlands, manchmal auch ins Ausland. Keiner seiner ehemaligen Wegbegleiter hatte noch das Aushaltevermögen, die vier Stunden des Konzertes im Stehen durchzuhalten. Obendrein ständig rhythmisch in Bewegung bleibend! Obendrein bereits zwei Stunden vor Beginn in der Schlange stehend, um einen einigermaßen passablen Stehplatz in der riesigen Halle zu ergattern! Unter 40- bis 80.000 anderen Anhängern! Die Erschöpfung nach den Events stets unbeschreiblich. Die Kosten summierten sich: Für die Fahrt, die Übernachtung, die Verköstigung und das Ticket nicht zu vergessen. Sie waren es ihm offensichtlich wert! Erlebte er es als eine Wiederholung seiner Jugend, seiner Vergangenheit? Damit stand er nicht alleine da: Edgar erwähnte die Sonderplätze für die Fanatiker mit Rollator! Auch sie hingen ihren Erinnerungen nach und nahmen die gewaltigen Strapazen auf sich! Ähnlich wie es Adelheid einige Tage später in der Oper beobachten sollte? Die Stehplätze von älteren Herrschaften besetzt! Sowohl Frauen wie Männer, die nicht einmal versuchten, einen frei gebliebenen Sitzplatz in Anspruch zu nehmen. Sie verharrten stur auf ihren bezahlten Plätzen, nur nach der Pause, nach dem Weggang einiger Zuhörer erlagen sie der Versuchung. Wollten sie demonstrieren, dass ihnen die Musik die Unannehmlichkeiten des Stehens wert war? Kompensierte der mehrmalige Operngenuss den körperlichen Stress? Klar erkennbar war, dass der wiederholte Kauf von Sitzplätzen ihr Ausgabenbudget sprengen würde.

Und Manfred? Wollte mit seinem Vermögen die Menschheit retten, zugestanden nur einen kleinen Teil von ihr. Für mehr langte es nicht. Er gründete eine Stiftung, die nach seinem Ableben mit bestimmten Beträgen eine Schulgründung für Mädchen in Afrika unterstützen sollte. Warum nicht? Ein lobenswerter Ansatz. Obwohl in Adelheids Sichtweise nur ein Tropfen auf dem heißen Stein. Ein Anfang immerhin getan.

Günther begab sich in den Pausen nach draußen, um ein Zigarillo zu genießen. In seinem herben Umgang spiegelte sich sein Schmerz wider. Ob ihm bewusst war, dass er unethisch gehandelt hatte? Denn er hatte geheiratet. Eine um zwanzig Jahre jüngere Dame. Nur um zu verhindern, dass seine Schwester eines Tages sein Erbe erhielt. Das Schicksal rächte sich nun an ihm. Elizabeth ging ihre eigenen Wege. Hatte eventuell sogar einen Liebhaber. Was konnte der inzwischen 80-Jährige ihr, abgesehen von seinem Geld, noch bieten? Offensichtlich mied sie seine Gegenwart. Aus Widerwillen ihm gegenüber? Dass sie es auf sein Vermögen abgesehen hatte, war unverkennbar. Würde sie ihn in einem Krankheitsfalle zur Seite stehen oder würde sie ihn seinem Los überlassen? Diese Ungewissheit, diese Furcht nagte an Günther.

Albert hatte ebenso unvorsichtig gehandelt. Seinen drei Söhnen ihre Erbteile ausgezahlt. Ihm blieb genug zum Leben, aber seine Sprösslinge gingen ihm abhanden. Sie gaben sich nicht die Mühe, nach seinem Befinden zu fragen; weder Telefonate noch Besuche statteten sie ihm ab. Er vereinsamte; die Trauer war ihm ins Gesicht geschrieben. Hatte er sich über das Verhältnis seiner Kinder zu ihm etwas vorgemacht? Die Ratschläge seiner Freunde, die eventuell Ähnliches erlebt hatten, hatte er schlichtweg ignoriert. Nach dem Motto: Ich kenne doch meine Buben. Die sind anders! Die werden mich nicht im Stich lassen. Und dennoch!

Klaus hingegen verschloss die Augen vor dem, was kommen sollte, mit Gewissheit einsetzen würde. „Ständig sichert man sich gegen alles ab! Patientenverfügung, Generalvollmacht! Nein, danke! Ohne mich! Ich denke mit meinen 82 Jahren nicht an die Zukunft. Ich lebe in den Tag hinein. Irgendwie wird es schon gehen. Eine Lösung wird sich finden, wenn ich oder meine Ehefrau pflegebedürftig sind. Die Kinder sind ja auch noch da. Ihnen wird schon etwas einfallen. Du meinst, sie sind beschäftigt, haben ihre Arbeit und ihre Kinder? Wir haben stets genügend für sie getan. Dann werden sie mal dran sein. Ich weiß, nicht alle denken wie ich. Man soll den Nachkommen ja nichts aufbürden! Sie hätten genug mit den eigenen Sorgen. Ich bin der Meinung, kommt Zeit, kommt Rat. Du meinst, es sei die Vogelstraußmethode, den Kopf in den Sand stecken? Der bald eintretenden Realität nicht gewahr werden wollen? Dein Einwand stört mich nicht im Geringsten! Ich mag mich einfach nicht verrückt machen mit Eventualitäten, die womöglich überhaupt nie oder ganz anders eintreten werden. Das bedeutet nicht, dass ich ein Genussmensch bin, eher ein Feigling, da hast du recht.".

Erwin der Gegenpol zu Klaus! Sein perfekt angelegtes Haus schon für den Pflegefall vorbereitet! Das Bad rollstuhlgerecht umgebaut, die Rampe zum Eingangsbereich angelegt, der Treppenlift begutachtet, auch wenn noch nicht bestellt, nichts dem Zufall überlassen, alles unter Kontrolle! Aber momentan erfreuten sich er und seine Ehefrau bester Gesundheit!

Franz hielt an der Vergangenheit fest. Er konnte es nicht lassen, von seinen glorreichen Errungenschaften des Arbeitslebens zu berichten. Nach seinen Erzählungen zu urteilen, bestand die ganze Stadt aus Bauten seiner Hand oder seiner Firma. Ob groß oder klein, jedes Häuschen trug angeblich seine Handschrift. Er strahlte über das ganze Gesicht, ereiferte sich in seinen Darstellungen! Niemand trübte seinen Genuss. Vielleicht war der eine oder andere neidisch auf seine Taten, hätte nichts Vergleichbares von sich geben können. Jeder gefangen in der eigenen Lebensgeschichte. In die eigene Biografie untergetaucht.

Oskar wählte seinen eigenen Fluchtweg. Den des Alkohols. Nicht dass die Mitspieler nicht gerne zum Bier griffen, bei ihm war es der Wein. Er schleppte ihn getarnt in Plastikflaschen mit der Aufschrift Apfelschorle in seiner Aktentasche herum; farblich mit dem harmlosen Getränk verwechselbar, denn sein Laster hieß Weißwein. Festzustellen, welche Quantitäten er vernichtete, gelang niemandem. Er verlor nie die Fassung, betrunken begegnete man ihm nicht!

Ein weiterer Unverbesserlicher war Peter. Immerzu kam er auf die apokalyptische Zukunft zu sprechen. Wehe, man widersprach ihm! Wut stieg dann in ihm auf! Man verstehe rein gar nichts von der wirtschaftlich-politischen Weltsituation! Der Staat raube einem das erschaffene Vermögen durch sinnlose Gesetze, durch die er die Umverteilung der Besitzverhältnisse bezwecke. Am Ende würde man mittellos dastehen, könne sein Häuschen nicht mehr in Stand halten, müsse es unter Wert veräußern, um einen kläglichen Platz im Altersheim begleichen zu können. Wie eine ewige Litanei kehrte er immer wieder geschickt zu seinem Lieblingsthema zurück, egal, wovon im Augenblick die Rede war. Es ließ ihn nicht los, es kreiste unaufhörlich in seinem Gehirn herum. Handelte es sich um wieder aufkeimende Ängste der Vorfahren in den Weltkriegen? Solche Theorien existieren ja.

Und wie stand es um Klaus? Diabetiker mit Herzinsuffizienz. Schonte er sich? Oder achtete er zumindest auf seinen Körper, auf seine Gebrechen, d. h. nahm er konsequent seine Tabletten ein? Nein. Wenn seine Ehefrau nicht kategorisch eingriff, vergaß er seine Pflichten. Wie stand es ums Autofahren? Das beherrsche er noch, lautete die allgemeine Aussage. Eines Tages dann doch ein ernsthafter Autounfall mit Totalschaden. Klaus kam mit einer leichten Verletzung davon, außer ihm keiner am Zusammenstoß mit einer Litfaßsäule beteiligt. Führerscheinentzug. Denn man stellte fest, er habe seine Medikamente nicht eingenommen, die Unterzuckerung habe seine Wahrnehmung getrübt, sei die Ursache für sein inkorrektes Fahrverhalten gewesen. Klaus und seine Gemahlin fanden sich zwar mit der Aufgabe des Wagens ab - durch die Vollkaskoversicherung stand ihnen bald ein neuer zur Verfügung - nicht aber mit jener der Fahrerlaubnis. Ein Kampf mit Behördengängen und Besuche verschiedenartiger Arztpraxen nahm seinen Lauf. Immer wieder Ablehnungen, immer wieder Einspruch erhoben. Ein Jahr verging. Noch ein halbes Jahr. Die Freunde entsetzt! Sah Klaus nicht ein, dass er eine Gefahr für die anderen Verkehrsteilnehmer und sogar für die Fußgänger darstellte? Sah er nicht ein, dass er auch sein eigenes Leben aufgrund seiner Unzuverlässigkeit aufs Spiel setzte? Führerschein gleich Unabhängigkeit. Der Entzug gleich Freiheitsberaubung. Bis der Tag der Einsicht, der Resignation, der Vernunft eintrat. Und Klaus' Leben in der Stadt mit ihren weit verzweigten öffentlichen Verkehrsdiensten ging ohne merkliche Hindernisse weiter!

    Erwins Abenteuer verlief ähnlich. Bei ihm war es die Epilepsie, die er ebenfalls durch eine tägliche Medikamentenzufuhr in Schach hielt. Die Lage bei ihm verschlimmert, da seine Ehefrau bereits verstorben war. Er trug zwar jeden Morgen die Einnahme der rettenden Pille im

Kalender ein, Fehler sind aber menschlich. Somit stieg er eines Tages, in der Gewissheit, die Tablette ganz bestimmt eingenommen zu haben, ins Auto und fuhr … gegen einen Baum. Er hatte Glück, dass er keinen Menschen unterwegs erwischte! Er selber kam mit einigen leichten Kopfverletzungen davon. Und der Führerschein? Entzogen, denn er hatte sechs Monate zuvor bereits einen kleinen Unfall gebaut und deswegen fuhr er ein Jahr lang auf Bewährung. Nun endgültiges Aus! Er sah ein, dass ein unabhängiges, selbständiges Leben seinem Ende zusteuerte. Er bemühte sich ernsthaft um eine Unterkunft in einem zentral gelegenen Heim.

Lutz hingegen verhielt sich im Verkehr wie die Mutter der Porzellankiste. Er fuhr dermaßen langsam, dass sich hinter ihm eine lange Autoschlange bildete. Und das Schalten war eine Achterbahn, mal zu früh hinauf, mal zu früh hinunter. Ein selbstfahrendes Auto wäre für ihn die Lösung gewesen. Oder zumindest eine Automatikschaltung, dann würde das Geruckel aufhören. Seine Fahrweise nicht weniger gefährlich als die Erwins oder Klaus'. Bei keinem der dreien mochte Adelheid mitfahren. Lieber ging sie zu Fuß!

Selbstverständlich gab es auch ganz andere Fälle. Der 88-jährige Tom z. B. Ein begnadeter Skatspieler! Stets unter den Gewinnern! Konstant unterwegs! Wenn er nicht gerade seine Frau zum Chorsingen, zu einer Freundin oder einem Arztbesuch fuhr, so organisierte er die allwöchentlichen Tennisspiele, die sowohl im Sommer wie den ganzen Winter über stattfanden. Telefonierte umher, bis er die Vierermannschaft zusammenhatte. Er selber lief zwar nicht mehr den Bällen hinterher, er traf sie aber mit einem heftigen Schlag umso sicherer! Die Operationen an beiden Knien und jene an der Hüfte, letztere bereits im Alter von 82 Jahren, hatte er mit einem süffisanten Lächeln überstanden. Das Einsetzen der Stents hielt ihn nur für jeweils eine Woche vom Platz fern. Eine unverwüstliche Natur, die bereits in seiner kräftigen Stimme zum Ausdruck kam. Eine starke, dominante Persönlichkeit, die im Berufsleben eine Führungsrolle innegehabt hatte.

Wie stand es um Thomas? Er prahlte nicht, aber man erriet in seinen Berichten, wie sehr er sie liebte – immer noch! Seine Ehefrau, an Alzheimer erkrankt. Konnte nicht mehr alleine gelassen werden. Musste ständig beaufsichtigt werden. In ihrem Bewegungsdrang wäre sie ziellos auf die Straße gegangen und hätte unmöglich wieder heimgefunden. Er wich ihr nicht von der Seite. Für die paar Stunden Skatspiel heuerte er eine Begleiterin für sie an. Die Gespräche mit seiner einst interessierten, gebildeten Gemahlin auf das Alltägliche reduziert. Umso mehr trieb ihn das Bedürfnis nach Unterhaltung zu endlosen Monologen, die, obwohl stets geistreich, keine Gegenargumente zuließen. Verständnisvoll duldete man sein Gebaren.

Richard war ein ungeduldiger Charakter. Gewährte keine Kritik. Betrachtete lange seine Karten, errechnete die während des Spiels eigens eingesammelten Punkte sowie die des Gegners. Wägte den nächsten Schritt minutiös ab. Trieb die Mitspieler in den Wahnsinn, verlangte von ihnen bis zum letzten Tropfen Geduld ab! Sie saßen wie auf Kohlen. Bestand hieraus seine Taktik? Vor lauter Unmut vergaßen seine Kontrahenten, welche Karten noch ausstanden, begingen Fehler, die ihm zugutekamen. Er triumphierte auf diese Weise. Mit Psychologie! Wenn man rebellierte, wenn man ihn zu mehr Tempo antrieb, erwiderte er dermaßen gereizt und unhöflich, dass man lieber stumm blieb.

Von der Gereiztheit ihres Gatten konnte Anne ein Lied singen! Durch seinen Krebs war er unausstehlich geworden. Ihre Selbstbeherrschung ständig auf die Probe gestellt! Er duldete keinen Einwand, keine Widerrede. Sie mache alles falsch. Aber mit konkreten Vorschlägen hielt er sich hinter dem Busch. Diskutieren konnte sie mit ihm kein Thema, weder ein häusliches noch ein politisches. Er zermalmte sie. Früher sei er einfühlsam gewesen, erklärte sie. Aufgrund der Krankheit ein anderer Mensch geworden. Akzeptiere sein Schicksal nicht. Warum traf es gerade ihn? Welche Sünde habe er, ein gläubiger Christ, immer zu großzügigen Spenden bereit, begangen? Er fände keine! Zumindest keine schlimmere als die seiner Bekannten. Übersah er vielleicht eine? Die der Hybris?

Wie stand es um Heinrich? Er litt unter der Lungenkrankheit COPD. Starker Raucher gewesen. Als Mittel gegen den beruflichen Stress an die drei Packungen Zigaretten täglich vernichtet. Jetzt stand diese Droge unter strengstem Verbot! Kann ein Mensch, der dreißig bis vierzig Jahre lang an diesen Glimmstängel gezogen hat, urplötzlich davon Abstand nehmen? Seine Frau Agnes entdeckte zuhause immer wieder die versteckten Schachteln. Sie maßregelte ihn. Ohne Erfolg. Schon allein sein Auto verriet ihn! Bereits beim Einsteigen wehte einem der verräterische Geruch entgegen. Was er mit seiner Kleidung anstellte, damit diese nicht roch, war Agnes ein Rätsel. Sie erfuhr, dass andere Kranke genauso unvernünftig handeln. In der Lungenklinik leben sie ihre Sucht im Park hinter Büschen aus, die sie vor den Blicken des

Krankenhauspersonals schützen. Leidtragend sind nicht nur die Kranken selbst, sondern das gesamte Gesundheitssystem, das auf diese Weise mit den Behandlungen und Medikamenten kaum die gewünschten Ziele erreichen kann.

Ulrich wiederum war der hingebungsvolle Ehemann. Seine Frau durch Niereninsuffizienz auf die Dialyse angewiesen. Er spendete ihr eines seiner zwei Organe. Fuhr sie wöchentlich ins Spital. Die Zeiten des gemeinsamen Tennisspielens vorbei, ebenso die Radfahrten. Die Erlebnisse und Vergnügungen auf Familientreffen reduziert. Er jederzeit vergnügt, lächelnd, guter Laune. Auch nach ihrem Tode änderte sich seine Stimmung nicht. Ulrich, ein Lebenskünstler!

Andreas erschien im Rollstuhl. Alter? Vielleicht 50. Litt an Muskelschwund. War noch arbeitsfähig. Halbtags. Die Ehefrau, selbst berufstätig, schob ihn überall hin, zur Physiotherapie, zur U-Bahn, zum Skatspiel. Andreas war das Leiden nicht anzusehen. Immer zum Lachen aufgelegt. Seine Frau auch, aber sie welkte schnell dahin! Die Augenränder vergrößerten sich, die Figur verschlankte, die Müdigkeit offen sichtbar. Wie lange würde sie noch durchhalten können? Wann würden die ersten gesundheitlichen Schäden auftreten? Sie verausgabte sich. Kam aus ihrem Hamsterrad nicht heraus.

Bei einem anderen Ehepaar kam die Vermessenheit eines Partners klar zum Ausdruck. Christa, immerhin 85-jährig, über ihren Gatten: „Es ist unglaublich! Er schlurft durch die Gegend, hebt seine Füße nicht mehr vom Boden! Ich ertrage diesen Anblick nicht mehr! Er ist alt geworden!" Was sie sagte, stimmte. Er war um fünf Jahre älter als sie. Aber dennoch, wie betrachtete sie sich selbst? Verdrängte sie ihr eigenes Alter, identifizierte sich nicht damit? Ja, natürlich, die

Anzeichen von Senilität am anderen wirken verstörend! Sie zeigen einem den Spiegel des eigenen Verfalls! Von einer Ehefrau wäre mehr Mitgefühl, Empathie zu erwarten!

Wilhelm erzählte offen von seiner Alzheimererkrankung. Dazu gehört Mut! Denn im Spiel war ihm kein Nachlassen der Denkfähigkeit anzumerken. Es war seine Sprachfindung, die merklich gemindert war. Für einen Juristen drückte er sich zusehends vereinfacht aus. Er meinte zwar von sich selbst, er könne die gewünschten gehobenen Ausdrücke stets durch minderwertige ersetzen, aber seine Unzufriedenheit über diesen Zustand war ihm anzumerken. Als er einige Male dem Skattreffen ferngeblieben war, machte man sich Sorgen um ihn. Dann traf ihn Adelheid per Zufall im Supermarkt. „Schade, dass du in letzter Zeit nicht dabei warst", sprach sie ihn an. „Es wird mir zu anstrengend. Und du weißt, ich leide an Alzheimer. Ich gehe!". Adelheid verstand, die Bedeutung dieses Verbs! „Aber du siehst doch gut aus, gehst selber einkaufen…". „Der Entschluss ist gefasst.". „Klar, ich habe natürlich kein Recht, mich einzumischen. Gehst du in die Schweiz?". „Nein, ich mache es hier.". Adelheid schluckte schwer, verabschiedete sich und dachte nach. Wilhelm hatte bestimmt die notwendigen juristischen Vorkehrungen getroffen, um diesen Schritt in Deutschland unternehmen zu können. Denn gesetzlich ist hierzulande die Durchführung eines assistierten Suizids immer noch mit großen Hürden verbunden. Diese Begegnung machte Adelheid noch lange zu schaffen!

Und dann traf sie die kürzlich verwitwete Myriam. Adelheid staunte nicht schlecht, als sie erfuhr, dass auch Gerhard aufgrund seiner unerträglichen, lang andauernden

Leiden um Assistenz gebeten hatte. Obwohl die ganze Familie unterrichtet war und gebührend Abschied genommen hatte, trug Myriam eine Last auf ihren Schultern. Die Entscheidung für einen assistierten Tod und die Begleitung eines solchen offenbar kein leichtes Unterfangen!

Die neuen Alten

In seiner 1939 verfassten Erzählung „Die unwürdige Greisin" vertritt bzw. verteidigt Bertolt Brecht bereits eine moderne Auffassung des Alters und der Stellung der Frau. In dieser Geschichte beschreibt er eine siebzigjährige Witwe, die ihr Leben nach dem Tode ihres Gatten von einem Tag auf den anderen neugestaltet. Während sie bis dato nur für die Familie da gewesen ist, für sie gekocht und sie bei sich aufgenommen hat, weist sie sie nun regelrecht von sich. Sie isst auch neuerdings zwei Mal wöchentlich im Gasthaus und ein Gläschen Wein genießt sie ebenso. Ihre Kinder erkennen sie nicht wieder, vor allem eines von ihnen kritisiert verständnislos ihr neues Verhalten, das nicht der herkömmlichen Norm entspricht. Zu erwarten wäre, dass sie weiterhin die Opferrolle für die Angehörigen spielt, ihr Haus mit ihnen teilt, d. h. es zur Benutzung frei gibt, selbst in den Hintergrund tritt, wie eh und je den Verwandten zur Verfügung steht. Aber nein! Sie zieht still und leise einen Schlussstrich unter ihr vorheriges Leben als Arbeitstier im Dienst ihrer Mitmenschen. Sie verweigert sich ihnen. Ohne Erklärung, ohne Rechtfertigung. In der Erzählung kommt sie persönlich nicht zu Worte. Ihre Lebensführung ist für die damalige Zeit skandalös, denn nicht gesellschaftskonform. Sie ignoriert die Regeln des sogenannten Anstands. Sie setzt sich darüber hinweg und lebt endlich nach ihrem eigenen Gusto. Dass dies ihren Nächsten, also ihren Söhnen, nicht passt, ist ihr egal. Sie hat ihr Pensum geleistet. Nun endlich ist sie selbst dran. Es ist der Zeitpunkt gekommen, an dem sie ihr Leben nach ihren Bedürfnissen und Vorlieben gestalten kann. Das ist Mitte der fünfziger Jahre des letzten Jahrhunderts revolutionär! Heutzutage stattdessen durchaus akzeptabel, sogar erstrebenswert und löblich. Und während Brecht sich hier explizit für die alte Frau einsetzt, gilt seine Unterstützung bestimmt genauso den Männern dieser Alterskategorie. Er erwähnt sie nicht, da ihnen ja eh mehr zugestanden wird, die Benachteiligung in erster Linie der Frau gilt!

Auch Simone de Beauvoir, die französische Schriftstellerin und Philosophin, eckt an. 1970, immerhin 21 Jahre nach der Veröffentlichung der erwähnten Erzählung Brechts in seinen „Kalendergeschichten", veröffentlicht sie „La Vieillesse", „Das Alter". Die Übersetzung ins Deutsche müsste eher „Das hohe Alter" heißen, denn nur der letzte Abschnitt des Lebens und nicht irgendeiner ist Inhalt dieses 700 Seiten umfassenden, sorgfältig recherchierten Werkes. Im Grunde genommen handelt es sich immer noch um ein Tabuthema oder zumindest um ein beiseitegeschobenes Sujet. So wie eben die ältere Generation als solche! Sie sollte unsichtbar bleiben. Und Simone de Beauvoir greift die Gesellschaft direkt an, wirft ihr vor, die Alten im Stich zu lassen. Ihre Beschreibung dieser Lebensphase ist durchgehend niederschmetternd. Entsprechend ihrer kommunistischen Überzeugung beschuldigt sie die Regierung, nicht genügend für ein würdevolles Dasein der Betagten zu sorgen. Sie betrachten sich selbst als minderwertig, obendrein erniedrigt, da nicht mehr gebraucht, nutzlos, unsicher, ohnmächtig. Der Mensch im Ruhestand ist überflüssig, zählt nicht mehr, sodass Hemingway dieses Wort als das unanständigste der Sprache bezeichnet und von einer Ruhestands-Guillotine spricht! Die Alten fühlen sich, laut Simone de Beauvoir, in erster Linie ungerecht behandelt, als Opfer des Schicksals und gar der Gesellschaft an sich. Das Alter als Demütigung, was oft Zorn auslöse. Ohne Anforderungen verlöre man das Interesse, verfolge keine Pläne oder Ziele mehr. Statt Handlungsplänen oder -Anstößen, den sogenannten *nudges,* entsteht Müßiggang, ein Feind des Alterns! In der Konsequenz entstünde Resignation, nicht aber ohne das Bedauern der Betroffenen! Die Gleichgültigkeit der Welt treibe sie in die Passivität. Sie verwandeln sich von verantwortungsvollen Erwachsenen in abhängige Objekte. Sie versperren sich gegen Neues und verfallen lieber in Automatismen oder in eine starre, übergeregelte Routine, die ihnen ein Minimum an Sicherheit biete. Dieses *habit formation* besteht aus häufig wiederholten Reaktionsmustern. Die festgefahrenen Gewohnheiten können sich für die Angehörigen zu nervenden Manien fortentwickeln. Es beherrsche die Senioren die Angst der Anpassungsunfähigkeit, die sich zu Misstrauen steigert, zum Abreißen jeglicher Kommunikation, zum totalen Rückzug führen könne, was heutzutage als *Disengagement* bezeichnet wird. Dieses wiederum ebne manchen den Weg zu innerem Frieden oder lediglich zu Einsamkeit. Daraus wiederum entstünde eine Befreiung, die letztlich einschüchternd wirken könne. Im Endeffekt jedoch arte sie in Leere aus, gleichzusetzen mit Apathie!

Somit wären wir bei Brechts Thema der Würde zurückgelangt. Für ihre Wahrung präsentiert uns Simone de Beauvoir ein brauchbares Rezept: „Wollen wir vermeiden, dass das Alter zu einer spöttischen Parodie unserer früheren Existenz wird, so gibt es nur eine einzige Lösung, nämlich weiterhin Ziele verfolgen, die unserem Leben einen Sinn verleihen: das hingebungsvolle Tätigsein für Einzelne, für Gruppen oder für eine Sache, Sozialarbeit, politische, geistige oder schöpferische Arbeit. Im Gegensatz zu den Empfehlungen der Moralisten muss man sich wünschen, auch im hohen Alter noch starke Leidenschaften zu haben, die es uns ersparen, dass wir uns nur mit uns selbst beschäftigen. Das Leben behält einen Wert, solange man durch Liebe, Freundschaft, Empörung oder Mitgefühl am Leben der anderen teilnimmt." Die Autorin vertritt eine gesunde Meinung, die inzwischen in der heutigen Zeit sehr verbreitet ist. Die *Aktivitätstheorie* befasst sich mit dieser neuen Tendenz. Sie wird von der Mehrheit der Alten in die Praxis umgesetzt, solange die Gesundheit es ihnen erlaubt. Hinzu kommen die sportliche Betätigung, die S. de Beauvoir leider weder bedenkt noch erwähnt, oder das Gehirnjogging, das mit Vehemenz zur Vorbeugung von Demenz propagiert wird, z. B. in Form von Sudoku oder Kreuzworträtsellösen.

Der hier aufgezeigte Wegweiser der Autorin steht letztendlich im Kontrast zu dem pessimistischen Bild, das sie in ihrem Buche zeichnet. Die Lebensweise der älteren Generation hat sich in der Zwischenzeit vollkommen gewandelt, entspricht genau ihren Anweisungen. Man engagiert sich, jeder in seinem Bereich, und zwar dermaßen, dass der Satz, man habe keine Zeit, zum Standard geworden ist. Es handelt sich um eine Kampfansage an den sogenannten „*Ageism*". Die langsam auftretenden Behinderungen werden mit Nonchalance wahrgenommen, wie es bereits der berühmt und reich gewordene Philosoph Voltaire im hohen Alter in seinem bekannten sarkastischen Tonfall beschrieben hat: „Es stimmt, ich bin ein wenig taub, etwas blind, etwas impotent, und alles wird von drei oder vier abscheulichen Gebrechen gekrönt. Aber nichts hindert mich zu hoffen.". Er lässt den Optimismus zu! Auch der heutige Alte gibt die Hoffnung nicht auf, noch lange auf dieser Erde zu weilen. Er verdrängt die Idee des Todes, sodass schon Rousseau behauptet, alle Greise hängen mehr am Leben als die Kinder, gehen aber unwilliger davon! Die Jugend fürchtet sich im Gegensatz zu den Alten nicht vor dem Ende, denn sie betrachtet es als weit entfernt. Während der Alte die Nähe, das Nahen spürt und nicht mehr die Fähigkeit besitzt, sie zu ignorieren. Der Mensch hat ausschließlich Erfahrungen gesammelt, mit dem Leben zurechtzukommen, nicht aber mit dem Tod. Das Altwerden hat keiner erlernt! Man möchte nur ewig jung bleiben, wie Bob Dylan es uns vorsingt bzw. wie Oscar Wilde es in „Das Bildnis des Dorian Gray" darstellt.

Und dennoch scheint es Menschen zu geben, die es vermögen, über ihrem Alter zu stehen. Dementsprechend beschreibt der Erzähler in Javier Marías' Roman „Mein Herz so weiß" seinen Vater folgendermaßen: „…er ist nie alt gewesen, nicht einmal jetzt. Ein ganzes Leben lang hat er diesen Zeitpunkt hinausgeschoben, ihn für später aufgehoben oder ihn einfach nicht beachtet… er (ist) jemand, an dessen Haltung oder Geist ich nie die Spur der Jahre gesehen habe, nie die geringste Veränderung, nie traten bei ihm die steife Würde und die Müdigkeit zutage…". Und dann fügt er hinzu: „Wer ihn vor fast einem Jahr gekannt hätte…, hätte ihn gewiss für einen verwelkten, gegen seinen Verfall rebellierenden Eroberer gehalten.". Somit wird seine jugendliche äußere Erscheinung im Endeffekt relativiert. Man mag gegen das

Altern so viel ankämpfen, wie man will, es übermannt einen irgendwann dennoch.

Jean Giono, der als Schriftsteller der Provence bezeichnet wird, zeigt in seiner Erzählung „Zehntausend Eichen" aus dem Jahre 1953, wie man sein Leben sinnvoll gestalten kann. Ein einfacher Hirte pflanzt uneigennützig Bäume in einer kargen, trockenen Gegend Südfrankreichs, wodurch sich das Klima der Region günstig verändert. Von den 100.000 Gewächsen schaffen es zwar nur 10 % zu überdauern, aber dieses Missverhältnis hat er einkalkuliert. Er führt seine Arbeit auch im hohen Alter beharrlich fort und ist weder auf Dank noch Anerkennung aus. Diese selbstlose Haltung kann im Sinne von Simone de Beauvoir als Vorbild für alle Menschen, insbesondere für die älteren, dienen. Leider muss Giono 1970 bekennen, dass das Oeuvre dieses Einzeltäters durch den Bau von Silos für Atombomben, Schießplätzen und mehreren Komplexen von Ölreservoirs fast komplett zerstört wurde.

Ein anderer französischer Autor, Paul Vialar, präsentiert uns in seiner Erzählung „Die Altersrente" hingegen ein No-Go für die Altersgestaltung. Papa Alcor legt zwar sein Geld sehr profitbringend mithilfe eines Versicherungsagenten an, verwendet es aber nicht für eine angenehme Lebensführung. Sein Geiz steigert sich und er stirbt zwar angesehen und betagt, aber von Genuss kann nicht die Rede sein und Paul Vialars Sarkasmus ist nicht zu überhören! Der Held dieser Geschichte soll bestimmt nicht als Vorbild gelten!

Der 1745 verstorbene irische Theologe und Schriftsteller Jonathan Swift zählt eine Reihe guter Vorsätze in seinem Gedicht „Entschließungen für mein Alter" auf. Fehler, die ältere Menschen gerne und oft begehen, möchte er vermeiden. Z. B. immer wieder alte Geschichten zu wiederholen, obendrein vor den gleichen Leuten. Mit Ratschlägen sollte man haushalten. Das Prahlen über Errungenschaften der Vergangenheit bleiben lassen. Auf die eigene Sauberkeit, auf das eigene Äußere achten, um nicht abstoßend zu wirken. Sich nicht einbilden, dass man jüngere Frauen an sich binden könne. Es sind die allzu bekannten, häufig anzutreffenden Makel der Älteren, die Swift mit Humor auflistet.

Thomas Manns Vorsatz in seiner „Lotte in Weimar" klingt hingegen zu schön, um wahr zu sein, eher utopisch: „All Heroismus liegt in der Ausdauer, im Willen zu leben und nicht zu sterben, das ists, und Größe ist nur beim Alter. Ein Junger kann ein Genie sein, aber nicht groß. Größe ist erst bei der Macht, dem Dauergewicht und dem Geist des Alters.". Selbstverständlich braucht es den Willen zum Weiterleben, der im Falle einer schweren Krankheit verloren gehen kann, aber dass erst das Alter Größe bringt, ist zweifelhaft. Im gleichen positiven Tonfall schreibt Thomas Mann weiter: „Alles wird immer schöner, bedeutender, mächtiger und feierlicher. Und so fortan!". Der große Autor bleibt uns den Beweis schuldig, für wie viele Menschen diese Aussage zutreffen könnte!

Ruth Klüger, 2020 verstorben, eine Überlebende des Holocausts, schreibt erstaunlicherweise voller Hoffnung: „Krankheit (wenn sie nicht zu lange dauert), Schmerzen,

Schwerhörigkeit und was sonst noch alles ansteht – damit lässt sich leben.". Worte einer Lebenskünstlerin, die drei verschiedene Konzentrationslager lebend überstand. Somit trägt eins ihrer berühmtesten Werke, ihre Autobiografie über die NS-Zeit, den Titel: „Weiter leben". Auch in den schlimmsten Lagen klammert sich der Mensch an das Leben, hofft auf Besserung, die nicht für alle, aber dennoch für einige eintreten kann.

Der durch seinen Pessimismus ausgezeichnete Philosoph Arthur Schopenhauer äußert sich in seinen „Kleinen philosophischen Schriften" entgegengesetzt zu seiner üblichen Sichtweise der Welt: „Folglich sollten wir vor Allem bestrebt sein, uns den hohen Grad vollkommener Gesundheit zu erhalten, als dessen Blüte die Heiterkeit sich einstellt. Die Mittel hierzu sind bekanntlich Vermeidung aller Exzesse und Ausschweifungen, aller heftigen und unangenehmen Gemütsbewegungen, auch aller zu großen oder zu anhaltenden Geistesanstrengung, täglich wenigstens zwei Stunden rascher Bewegung in freier Luft, viel kaltes Baden und ähnliche diätetische Maßregeln.". Er ist der erste, der genaue Angaben zur Erhaltung der Gesundheit erteilt, der erste, der den Sport erwähnt! Tatsächlich geht er jeden Tag zwei Stunden mit seinem Hund spazieren. Nach dem Tode des einen schafft er sich sofort den nächsten dergleichen Rasse an, um seiner Gewohnheit weiterhin zu frönen. Diese Spaziergänge mit seinem Hund werden fast die gleiche Berühmtheit wie seine Schriften erlangen! Dass hingegen gerade er von der Heiterkeit spricht, passt nicht zum Bilde seiner Persönlichkeit! Zu seinen verbreitetsten Behauptungen gehört, dass die Welt ein Jammertal voller Leiden sei, alles Glück reine Illusion, eine wahre Glückseligkeit unmöglich! Umso mehr Recht hat er mit seiner Betonung der Fröhlichkeit, denn es ist inzwischen bekannt, dass Lebensfreude, eine positive Weltanschauung und Optimismus der Gesundheit bzw. einer Gesundung im Krankheitsfalle zugutekommen.

Pablo Casals, der 96 Jahre alt wurde, sagte: „Alter ist überhaupt etwas Relatives. Wenn man weiterarbeitet und empfänglich bleibt für die Schönheit der Welt, die uns umgibt, dann entdeckt man, dass Alter nicht notwendigerweise Altern bedeutet.". Man könnte meinen, er möchte das Altern nicht wahrnehmen oder wahrhaben. Andrerseits ist erwiesen, dass Menschen, die bis ins hohe Alter aktiv bleiben, wie es beispielsweise bei Unternehmern in der eigenen Firma der Fall ist oder ebenso bei Bauern auf dem Felde, mittels ihrer Beschäftigung ihr Leben ohne merklichen Qualitätsverlust verlängern.

Der Journalist und Autor Tiziano Terzani (1938 – 2004) äußert sich in seinem 2007 posthum erschienenen Werk „Das Ende ist mein Anfang" über seinen nahenden Tod. An Krebs erkrankt, gibt er in einem Gespräch mit seinem Sohn Falco philosophische Gedanken von sich. Ob sie immer glaubhaft sind, steht hier nicht zur Diskussion. Ehrlich klingt: „Nur dieser Körper fault vor sich hin und ist inzwischen überall leck." Ähnlich den zitierten Worten Voltaires. Ob er tatsächlich dem Tod „ohne Angst (gegenübertritt), denn es ist doch die natürlichste Sache der Welt", sei dahingestellt. Dabei kann sein Umgang mit Schmerzen manch einem Leidenden eine Hilfestellung leisten: „Du musst dich fragen, wie der Schmerz aussieht. Dein Freund sagt, er macht ta-ta-ta. Du fragst dich:

Ist er rund oder eckig? Macht er ein Geräusch? Ist es ein klopfender Schmerz oder nicht? Wenn er eine Farbe hat, dann welche? So lenkst du dich ein wenig ab. Aber wenn er sehr stark wird, kannst du irgendwann nicht mehr.". Und er gesteht, dass er wegen intensiver Schmerzen seinen Sohn in der Nacht beinahe zu sich gerufen hätte. Bei großen Beschwerden bietet eine geistige Einstellung also nur bedingt Abhilfe.

Terzani hat viel von der indischen Kultur gelernt, die besagt: „Ihr habt eure eigenen Rishis, eure Weisen, vergessen. Ihr habt sie in Bücher verwandelt, die ihr in Bibliotheken stellt und in der Schule lest. Wir nicht. Wir leben mit ihnen.". Im Westen erhalten und schätzen wir zwar die Weisheiten unserer Philosophen, wenden sie aber nicht in der Praxis an. Vergeudetes Wissen! In Indien wird das Leben in vier Stadien unterteilt, wobei die letzte Etappe aus der Suche nach Gott besteht. Auch in der westlichen Kultur kann man diesen Trend bei einzelnen Menschen beobachten. Die Angst vor dem Ende, vor dem Nichts treibt einige bis dahin Ungläubige zur Frage nach einem höheren Wesen, zu einer Erlösung. Die meisten von ihnen bemerken aber nicht den Widerspruch, in dem sie sich befinden: Der Glaube ans ewige Leben setzt den Tod auf Erden voraus, aber gerade diesen wollen sie ja nicht wahrhaben! In diesem Sinne meint Terzani zu seinem Sohn: „Du begegnest Gott schon. Auch er begeht den Mittelweg.". Und er spricht sich vehement gegen eine unbeugsame, zügellose Askese aus! Sein Mittelweg ist jener der Unabhängigkeit von allen Dingen, „nicht einmal den Wunsch nach einem längeren Leben" zu hegen, sich sogar von der Familie zu lösen, obwohl gerade sie ihm in den letzten Monaten seines Lebens liebevoll Gesellschaft leistet.

Gleichzeitig ermahnt er den Menschen, nichts auf die leichte Schulter zu nehmen, sondern im Gegenteil achtsam zu sein. Dazu gehört auch „die Zeit zum Alleinsein, zum Schweigen, zum Nachdenken, zum Abstandgewinnen. Und man muss hinsehen.". Sehr wohl gesteht er ein, dass er diese Maximen in der Jugend nicht befolgt hat! Erst in der Reife, im Alter beherzigt er sie. Denn diese Lebensweise stellt eine ständige Herausforderung dar. Sie ist nicht einfach zu bewerkstelligen. Man solle an sich selbst arbeiten, dadurch entstehe Besserung. Obendrein solle man genügsam sein, sich von den Dingen sowie den Wünschen loslösen, „denn das ist alles überflüssiger Kram.". Durch Verzicht verliere man absolut nichts! Ein gewaltiger Schritt! Einfach gesagt, wenn die Todespforte weit geöffnet steht! Dann ist es ein Leichtes, ein Namenloser zu werden und zu behaupten, nichts interessiere einen mehr. Kein Zeitunglesen, nicht einmal als Zeitvertreib, denn alles wiederhole sich: „eigentlich habe ich sie vor dreißig Jahren schon gelesen. Dieselben Geschichten.". Nichts kann ihn mehr erschüttern, beeindrucken. Alles schon mal da gewesen, schon erlebt. Und die Natur? Sie „verharrt in majestätischer Gleichgültigkeit… Warum sollten wir nicht von ihr lernen? Lernen, uns weder aufzuregen noch in Tränen auszubrechen?". Schöne Weisheiten, zu denen man nur aufgrund von Reife, d. h. ab einem gewissen Alter gelangt. Und „es gibt nur zwei Dinge, die ein Stückchen Unsterblichkeit verleihen: Bücher und Kinder.". Terzani besitzt beide Voraussetzungen. Aber die Mehrheit der Menschheit verschwindet in die Namenlosigkeit, in die Anonymität. Denn auch die Nachfahren erinnern sich nur eine beschränkte Zeit lang an ihre Vorfahren. Simone de Beauvoir hingegen betrachtet Berühmtheit in Anbetracht des Todes auf eine gänzlich andere Art. Als man ihr versichert, ihr Werk werde sie überleben, gibt sie zu Bedenken, dieser Gedanke spende ihr ebenso wenig Trost wie ihn ihrer Mutter die Religion geboten hatte. Für jemanden, der am Leben hängt, hilft weder die himmlische Unsterblichkeit noch jene auf Erden über die Realität des Todes hinweg.

Vollkommen recht hat Terzani, wenn er mitteilt: „Nur ist heute über den Tod zu sprechen genauso tabu, wie früher über Sex zu sprechen. Im neunzehnten Jahrhundert sprach bei Tisch niemand über Sex. Heute schon, aber über den Tod? Gott bewahre!". Weil wir ihn verscheuchen wollen. Ihn nicht wahrhaben! Ihn aus unserer Gedankenwelt und damit aus unserem Dasein verbannen möchten. Obwohl um uns herum der Bekanntenkreis schrumpft, obwohl letale Krankheiten unsere Freunde dezimieren. Mit Händen und Füßen wehren wir uns gegen das Natürlichste auf der Welt! Die Gefahr, die uns von Geburt an begleitet, wollen wir auf diese Weise zunichtemachen. Sogar das Wissen darüber, dass uns dies nicht gelingen kann, ignorieren wir mit Vehemenz. Darin sind wir alle Lebenskünstler!

Und dennoch handeln so viele Werke vom Tod. Die Autoren scheinen nicht vor diesem Thema zurückzuschrecken. Ganz im Gegenteil! Sie setzen sich mit ihm auseinander und konfrontieren uns ohne Umschweife damit. Albert Camus wagt es sogar, seinen Roman „Der Fremde" mit dessen Erwähnung in der ersten Zeile zu beginnen: „Heute ist Mama gestorben.". Das Sujet sogleich angesprochen, in nüchterner Form, ohne Erwähnung von Gefühlen. Auch Edgar Allan Poe befasst sich in seinen Erzählungen gerne mit dem Tod. Er schwebt ständig wie ein Damoklesschwert über den Köpfen seiner Figuren. In drei Kurzgeschichten kombiniert er diesen Stoff mit dem der Liebe, sodass drei Frauennamen die Titel schmücken: „Ligeia", „Eleonora" und „Morella". Ligeia spricht von einem Drama, der Tragödie „Mensch" mit dem „Eroberer Wurm" als ihren Helden! Und voller Verzweiflung fleht sie Gott an, der Eroberer möge überwältigt werden; der Mensch unterwerfe sich dem Tode allein aufgrund der Schwäche seines kraftlosen Willens. Bekannterweise steht ihm kein Ausweg zur Verfügung. Auch der spanische Autor Javier Marías startet seinen Roman „Mein Herz so weiß" bereits im ersten Absatz mit dem Tod, diesmal dem Selbstmord einer jungen Frau. Von diesem Ereignis, in all seinen Einzelheiten, handelt das sieben Seiten lange erste Kapitel des Buches. Der Leser wird somit sofort darauf eingestimmt, dass diese Begebenheit der zentrale Gegenstand des Werkes ist.

Der Historiker Georges Duby verfasste 1984 das Werk „Guillaume le Maréchal oder der beste aller Ritter". Dieser ziemlich unbekannte Marschall war Anfang des 13. Jahrhunderts drei Jahre lang Regent im englischen Königreich. In den ersten Seiten seiner Biographie beschreibt Duby den Tod dieses außergewöhnlichen Ritters. Er stirbt nicht allein, denn „wer zeigt sich denn zu Beginn des 13. Jahrhunderts allein, ausgenommen die Verrückten, die Besessenen, die Außenseiter, die man hetzt? Die Weltordnung verlangt, dass jeder ständig in ein Netz von Solidaritäten, von Freundschaften, in eine Körperschaft eingebunden ist.". Ganz im Gegensatz zu den heutigen Gepflogenheiten, gemäß denen der Einzelne im Allgemeinen regelrecht in Einsamkeit stirbt.

Obendrein möchte Guillaume „besser zu Hause sterben, als anderswo". Auch diese Option wird heutzutage den meisten Kranken verwehrt: Sie werden in ein Hospiz verfrachtet, wenn sie nicht schon vorher in einem Krankenhaus verschieden sind. Ganz anders zur damaligen Zeit, „denn die schönen Tode ... sind Feste; sie entfalten sich wie auf einer Bühne vor einer Vielzahl von Zuschauern, von Zuhörern, die jede Geste, jedes Wort aufmerksam verfolgen, die vom Sterbenden erwarten, dass er ... ein letztes Beispiel von Tugendhaftigkeit hinterlässt. So hat jeder, der aus der Welt geht, die Pflicht, ein letztes Mal eine Moral zu bekräftigen, die den Gesellschaftskörper aufrechterhält und gewährleistet, dass die Generationen einander mit gottgefälliger Regelmäßigkeit folgen. Wir, die wir den Tod verstecken, ihn verschweigen, ihn wie eine peinliche Angelegenheit so schnell wie möglich hinter uns bringen, für die der gute Tod einsam, rasch und diskret sein muss – ... verfolgen (beim Ritter) ... das althergebrachte Ritual des Todes, der kein sich Entziehen, kein verstohlener Abgang war, sondern eine langsame, geregelte, geordnete Annäherung, ... ein Übergang, der ebenso öffentlich war wie die Hochzeitsfeierlichkeiten in dieser Zeit... Der Tod, den wir verloren haben und der uns vielleicht sogar fehlt.". Duby kritisiert die aktuelle Art und Weise der Einstellung zum Tod. Die heutige Gesellschaft räumt ihn aus unserem Gesichtsfeld, möchte ihn am liebsten ungeschehen, ungesehen machen. Die Sichtweise auf den Tod, diesen natürlichen, uns alle zu erwartende Ereignis, hat sich komplett verändert. Vielleicht wäre der Gedanke an ihn besser zu ertragen, wenn wir ihn als Bestandteil des Lebens akzeptieren, integrieren würden. Dazu braucht es Mut und Arbeit an uns selbst.

Auch der russische Arzt und Schriftsteller Anton Tschechow (1860 – 1904) beschäftigt sich in seinen letzten Lebensjahren, obwohl nicht betagt, aber lange an einer Lungenkrankheit leidend, mit dem Thema des Alterns. In seinem 1899 uraufgeführten Theaterstück „Onkel Wanja" beklagt sich der Arzt Astrow, er habe nicht einen freien Tag gehabt, „wie soll man da nicht alt werden?". Und weiter: „Es verschlingt einen, dieses Leben.". Er kann seinem Leben keinen Genuss, nichts Besonderes abringen. Es besteht aus Aufopferung für die Kranken, so wie Tschechow selbst oft sein Leben für die Cholerainfizierten aufs Spiel gesetzt hat. Im gleichen Stil wie Terzani behauptet Astrow, er wolle und brauche nichts mehr. Während Terzani diese Entledigung des Materiellen als eine Vorwärtsentwicklung, einen Gewinn interpretiert, so offenbart uns Astrow seine Resignation oder Depression. Noch viel schlimmer klingt Serebrjakow, der Professor im Ruhestand. Er schimpft: „Verdammtes widerliches Alter! Der Teufel soll es holen. Seit ich alt bin, bin ich mir selber zuwider. Und auch euch allen ist es sicher zuwider, mich anzuschauen.". Offensichtlich gibt er sich mit diesem Lebensabschnitt nicht zufrieden. Er betrachtet sich als Versager, der seine Wirkung auf die Umwelt dennoch klar wahrnimmt. Seine junge Frau Elena versteht ihn kaum: „Du redest über dein Alter in einem Ton, als seien wir alle schuld, dass du alt bist.". Womit sie den Punkt genau getroffen hat, denn ihre Jugendhaftigkeit und Schönheit kontrastieren mit seinem Verwelken. Sie ist der lebendige Beweis für die Wahrhaftigkeit seiner Worte. Er führt die Beschreibung seines Wesens weiter: „Gut, zugegeben, ich bin widerlich, ich bin ein Egoist, ich bin ein Despot, aber habe ich denn nicht einmal im

Alter ein gewisses Recht auf Egoismus? Habe ich das wirklich nicht verdient? Habe ich wirklich, frage ich, nicht das Recht auf ein ruhiges Alter, auf Rücksicht von den Menschen?". Heutzutage wird sich bestimmt niemand mehr trauen, eine solche Frage zu formulieren! Egoismus wird einem Alten sicherlich nicht zugestanden werden, wo doch die heutige Gesellschaft nur aus Egoisten oder sogar Individualisten besteht! Auf von den Alten erwartete Rechte wird keinerlei Rücksicht genommen. Ganz im Gegenteil! Serebrjakow geht noch weiter mit der Aussage: „Ich will leben!". Deutlicher wird er: „...sich vor dem Tod fürchten... ich kann das nicht! Ich habe nicht die Kraft! Und dann will man mir hier nicht einmal mein Alter verzeihen!". Er wälzt seinen Unmut auf die Umgebung ab, die ihn womöglich trösten und vor seinem nahenden Tod schützen soll. Mit solchen Beteuerungen erlangt er den Gegeneffekt: Er vergrault seine Mitmenschen. Denn darum geht es ja: Krankheit und Tod werden überall gemieden; sie jagen nur Schrecken und Angst ein. Nach dem Motto: Was man nicht sieht, das existiert auch nicht.

Sigrid Nunez zählt in ihrem Werk „What Are You Going Through" von 2020, deutsch „Was fehlt dir", diverse Anregungen auf, die mancher Todeskranker in dieser bedrohlichen Lebensphase nicht unbedingt von seinen Mitmenschen zu Gehör bekommen möchte. Die Freundin der Erzählerin, an terminalem Krebs erkrankt, wehrt sich gegen die Aussprüche, sie solle den Krebs als Geschenk betrachten, als Gelegenheit für eine geistige Entwicklung zu einem besseren, vielleicht sogar heldenhaften Selbst. Ihre Ablehnung ist vollkommen verständlich in Anbetracht des kurzen, ihr verbleibenden Lebenszeitraums. Sie sollte diesen stattdessen vollauf genießen oder den Spieß umdrehen, sodass der Krebs sie nicht erwischen kann, indem sie ihm zuvorkommt, d. h. ihm durch Selbstmord entwischt!

Der französische Philosoph und Soziologe Didier Eribon befasst sich in seinem autobiographischen Werk „Vie, vieillesse et mort d'une femme du peuple" („Eine Arbeiterin, Leben, Alter und Sterben") vor allem mit dem altersbedingten gesundheitlichen Niedergang seiner Mutter. Er ist der Meinung, dass bei einer Einlieferung in ein Altenheim beide Seiten, sowohl der Eingelieferte wie der Einliefernde, gegenüber dem Anderen unehrlich handeln. Sie wissen, dass dieser Schritt unumkehrbar ist, gestehen es aber nicht offen ein, machen sich etwas vor, spielen eine Rolle zur Schonung der Gefühle und Ängste des Eingelieferten. Der Eintritt ins Altenheim kommt dem ersten Schritt ins Grab gleich. Eribon weist darauf hin, dass man im Altenheim in Kontakt zu Menschen gerät, die man sich nicht ausgesucht hat! Sogar in der Arbeitswelt kann man die passenden Kollegen selektieren. Im Seniorenzentrum hingegen fällt die Auswahl schwer, sodass man sich mit der Einsamkeit arrangiert. Diese endet in den Worten Muriel Barberys in seinem Werk, „L'élégance du hérisson" („Die Eleganz des Igels"), mit dem Tod! Sogar dem Personal der Heime ist es bewusst, dass es selbst eines Tages abgeschoben wird und es das gleiche Los erwartet wie jenes der von ihm versorgten Alten. In diesem Bewusstsein rächt es sich im Vorhinein an den Insassen durch eine schlechte Behandlung.

Gewöhnlich sind in einem Pflegeheim die neu hinzugekommenen jünger als die eigentlichen Bewohner. Der

Neue erblickt in den anderen den Verfall, der ihn erwartet, während letzterer im Neuen voller Neid ihre nicht wieder zu bringende Vergangenheit wahrnimmt. Man erkennt sich wie in einem Spiegel. Im Heim beginnt eine neue Resozialisierung, eine Lernphase, die nicht unbedingt einem jeden behagt. Man kann sie als Exil, als Entwurzelung bezeichnen. Deswegen werden die ersten zwei Monate in einer Seniorenresidenz als die gefährlichsten katalogisiert. Viele Alte kommen mit der neuen Situation nicht klar, stehen unter Schock und lassen sich regelrecht gehen, verweigern sich dem Leben. Sie empfinden die Monotonie im Heimalltag als Stillstand der Zeit. Ihr vorheriges Leben haben sie weit hinter sich gelassen sowie ihre Gewohnheiten, ihre gesellschaftliche Verantwortung bzw. ihre verschiedenen Rollen, seien sie politisch, kulturell oder familiär gewesen; aber im Grunde genommen gehören alle Heimbewohner der gleichen Epoche mit ihren politischen Ereignissen an, sind vereint als eine Generation. Dennoch verzichten viele von ihnen lieber darauf zu kämpfen, bringen keine Lebensenergie mehr auf, führen unbewusst einen Selbstmord durch, für den man normalerweise Mut und Willen benötigt. In Deutschland werden 40 % der Suizide von über 65-Jährigen begangen. Das Erkennen dieses fatalen Entschlusses beim alten Menschen fällt sogar den Angehörigen schwer. Ein Antidot dazu ist die Liebe, wie sie Eribons Mutter zu einem verheirateten Mann empfindet. Aber hierbei handelt es sich um ein Tabuthema! Liebesbeziehungen zwischen älteren Menschen werden in unserer heutigen Gesellschaft abgelehnt, nicht akzeptiert, zumindest mit Skepsis betrachtet. Sie gehören nicht in diese Lebensphase. Eribon selber ist da anderer Meinung: Solange seine Mutter dadurch glücklich ist, soll sie die Leidenschaft genießen. Das größte Lob an eine Mutter bringt er durch das Zitat aus Albert Cohens (1895–1981) autobiographischem Werk „Das Buch meiner Mutter", 1954 erschienen, in dem der Autor Nachkommen im Allgemeinen eindringlich daran erinnert, dass ihre Mütter nicht ewig auf Erden weilen werden, dass sie ihnen gegenüber sanfter auftreten sollen; sie sollen sich vor allem sputen, solange noch Zeit zum Handeln besteht. Aber Cohen, ein Schweizer Schriftsteller französischer Sprache, weiß, dass seine Worte nicht fruchten werden, dass sich alle Kinder über ihre Mütter ärgern und nicht die notwendige Geduld aufbringen. Diese „Verrückten" werden bald bestraft werden, falls sie sich nicht beeilen, diese Kinder von noch lebenden Müttern! Cohen bezeichnet sich selber als „Milliardär an empfangener Liebe", der durch den Tod der „heiligen Mama" „zum Bettler geworden" ist. Denn die Liebe einer Mutter gleicht keiner anderen! Er bekennt aber gleichzeitig in dieser Art Ode, dass man die Toten rasch vergisst und dass man sich „in Ermangelung einer Mutter… mit einem Sessel zufrieden" gibt! Den stellt er neben sein Bett, um sich mit der Verstorbenen zu unterhalten. Gewissensbisse plagen ihn, denn er habe ihr nicht oft genug geschrieben: „Ich hatte nicht genug Liebe, um mir vorzustellen, wie sie in Marseille mehrmals am Tag ihren Briefkasten öffnete und nie etwas darin fand. (Jedes Mal, wenn ich jetzt meinen Briefkasten öffne und den Brief meiner Tochter nicht darin finde, den Brief, den ich seit Wochen erwarte, lächle ich ein wenig. Meine Mutter ist gerächt.)". Kein Unterschied zwischen den Generationen! Cohen geht es nicht besser, als es seiner Mutter erging. Er empfindet zumindest Reue und sogar

Trauer! Und dass er bei dem Anblick des leeren Briefkastens lächelt, beweist, dass er verstanden hat. Aber es ist zu spät! Der Tod der Mutter katapultiert ihn ins Erwachsenenalter, denn das Kind in ihm ist mit ihr gestorben. Er muss nun den Gereiften spielen, Verantwortung übernehmen. Das Beweinen der Mutter ist im Grunde genommen jenes der verlorenen Kindheit. Beide hängen eng miteinander zusammen. Cohen hätte sein Buch mit den Worten beenden können, mit denen er es beginnt: „Jeder Mensch ist allein, und keiner schert sich um den anderen, und unsere Leiden sind eine einsame Insel."

Zurück zu Eribon. Er regt sich darüber auf, dass das Alter in der Philosophie keinen Platz gefunden hat. Es wird dort nicht behandelt. Es wird ausgeschlossen, abgelehnt, ist unsichtbar, da nicht ausgesprochen. Er plädiert dafür, dass den Alten eine Stimme gegeben wird, denn sie selber haben nicht mehr die Kraft und die Fähigkeit, ihre eigenen Bedürfnisse auszusprechen und sie durchzusetzen. Die Krankheiten beschränken ihre Handlungsfreiheit und eine Zukunft steht ihnen eh nicht bevor. Sie, die Parias, die von außen, nicht von innen, also als Objekte betrachtet und von der Jugend nicht wahrgenommen werden, da das Alter als unangenehm und deprimierend gilt, sie benötigen Vertreter, die ihre Interessen wahrnehmen, diese offen und vor allem laut verkünden.

Zu den ersten Soziologen, die sich mit der Thanatosoziologie auseinandergesetzt haben, gehört der Deutsch-Brite Norbert Elias. 1979 erschien sein Werk „Über die Einsamkeit der Sterbenden in unseren Tagen". Da zählte Elias bereits 80 Jahre! Auch er beklagt, dass man sich die Frage nach dem Ende nicht stelle. Noch schlimmer gestaltet sich „die stillschweigende Aussonderung der Alternden und der Sterbenden aus der Gemeinschaft der Lebenden, das allmähliche Erkalten der Beziehung zu Menschen, denen ihre Zuneigung gehörte, der Abschied von Menschen überhaupt, die ihnen Sinn und Geborgenheit bedeuteten.". Als Grund für dieses Verhalten nennt Elias die heutige Individualisierung, in der die anderen Menschen die Außenwelt bedeuten. Er schafft den Ausdruck „homo clausus"; jeder ist sich selbst genug. Und das Leben hat für sich allein einen Sinn oder auch gar keinen. Andrerseits merkt er an, „die Bedeutung eines Menschen misst sich an dem, was er für andere erlangt hat. Dann hängen sie an ihm.". Ob man dieser Behauptung zustimmen kann, sei dahingestellt. Auf jeden Fall ist es begrüßenswert, sich im Leben für andere zu engagieren. Inwieweit sich diese Haltung tatsächlich auszahlt, wird von jedem einzelnen Fall, von der Persönlichkeit des Betroffenen, abhängen.

Elias behält recht mit der Aussage über die Einsamkeit der Sterbenden, denn heutzutage sterben 80 % der deutschen Bevölkerung in Institutionen, d. h. Krankenhäusern, Alten- und Pflegeheimen, während man vor dem 2. Weltkrieg überwiegend in der Familie, also zu Hause, starb. Genau dort möchten allerdings 80 % der Alten in der heutigen Zeit sterben. Deswegen spricht man vom „Sterbeortparadox". Der Tod ist aus dem Sichtkreise verbannt. Man sucht neue Lösungen, z. B. durch ambulante Palliativversorgung, die aus Anweisungen und Unterrichtungen für die Angehörigen besteht. In den Niederlanden wurde vor einigen Jahren eine Diskussion darüber entfacht, welchen monetären Wert ein Menschenleben darstelle. Die Zielsetzung war eine Verringerung der Kosten für die Krankenkassen. Aus ethischen Gründen wurde der Fall nicht weitergeführt. In einigen Ländern hat man dennoch die Reißlinie gezogen: In Schweden und der Schweiz nimmt man inzwischen die über 80-Jährigen zur Beatmung nicht mehr in den Intensivstationen auf.

Während man heutzutage die Todgeweihten in Hospize verlagert, haben primitive Völker eine andere Methode, ihren Sterbenden den Übergang in die andere Welt zu erleichtern. Isabel Allende erwähnt sie in ihrem Roman „Violeta". Der Lebenskreis schließt sich, denn die Heilerin verhilft sowohl zu einem sanften Eintritt ins Diesseits bei der Geburt wie ins Jenseits am Lebensende. Beim Todkranken verscheucht sie die einschüchternden, verängstigenden Geister, beruhigt das Gemüt, das nun entspannt und furchtlos hinübergleiten kann: *„Facunda erklärte uns später, dass sie (*die Medizinfrau) *den himmlischen Vater (*durch Trommelschlag und Singsang) *angerufen hatte, die Mutter Erde und die Geister der Ahnen der Sterbenden, damit sie kamen und sie abholten.".* Und auch zu Facundas Tod wird später eine entsprechende Zeremonie abgehalten: *„Mit Hilfe eines Huhns, ..., dem er dann den Hals umdrehte ..., schickte der alte Mann Facundas Geist letzte Unterweisungen, die ihr den Übergang in die Sphäre der Vorfahren erleichtern sollte."*

Auch der brasilianische Psychiater in Thomas Lüschingers Film „Being There" zieht eine Parallele zwischen Anfang und Ende des Lebens. Er begleitet seine schwerstkranke Ehefrau in ihren letzten Stunden, um gemeinsam mit ihr „die Geburt des Todes" zu erspüren. Eine äußerst positive Einstellung, getragen von der Hoffnung auf ein neues Leben.

Die für die Alten unerträglich gewordene Situation durch Krankheit, Schmerzen und Einsamkeit führt dazu, dass die Selbstmordrate bei den über 50-Jährigen fast 75 % der Gesamtanzahl der Suizide in Deutschland beträgt. Am stärksten vertreten hierbei sind die Männer; unter den Frauen sind immerhin 50 % der suizidierten älter als 60 Jahre. Häufigste Methode ist zwar das Erhängen, aber Menschen, die noch ein Gewehr aus Kriegszeiten oder von der Jagd besitzen, machen ungeniert davon Gebrauch. Welches Blutbad sie damit anrichten, in welchem Zustand sie die Wohnung hinterlassen, ist ihnen in dem Augenblick vollkommen gleichgültig. Die Ursache für solche Taten bei älteren Menschen liegt u. a. darin, dass die Sterbehilfe in Deutschland immer noch nicht erlaubt ist. Somit fließt ein Suizidtourismus ins Ausland, in die Schweiz und die Beneluxländer, die die liberalsten gesetzlichen Bestimmungen diesbezüglich aufweisen. Außerdem wird die Option des Selbstmordes dadurch immer sichtbarer, dass Prominente ihn ankündigen oder öffentlich darstellen. In Belgien, wo die aktive Sterbehilfe seit 2002 genehmigt ist, muss allerdings eine zweite ärztliche Meinung vor der Tat eingeholt werden.

Die Vereinsamung der alten Menschen wurde als häufige Ursache sowie Risikofaktor für die Aufgabe des Lebenswillens erkannt. Zu ihrer Linderung sind verschiedenartige Modelle entstanden. Die ASZs, die Alten- und Seniorenzentren, bieten eine Hilfestellung u. a. in Form von diversen Kursen, Kartenspielen, Mittags- und Kaffeetischen. Gegründet wurden sie vor 45 Jahren in München, als man 1980 feststellte, dass die über 65-Jährigen bereits 16 % der Stadtbevölkerung ausmachten, während sie kurz nach dem 2. Weltkrieg nur 9 % gezählt hatten. Der Hintergedanke für die Schaffung der ASZs bestand darin, es den Senioren zu ermöglichen, im gewohnten Umfeld zu Hause wohnen zu bleiben. Inzwischen befinden sich in der Stadt an die 33 solcher Begegnungsstätten, die ohne die Mitwirkung von Ehrenamtlichen nicht funktionstüchtig wären. Daneben existieren Mehrgenerationenhäusern. Ihr Arbeits- bzw. Hilfskonzept basiert auf der gegenseitigen Unterstützung zwischen älteren und jüngeren Menschen. Es entsteht ein Miteinander und Füreinander der verschiedenen Generationen: Ältere überwachen z. B. die Hausaufgabenerledigung der Schulkinder, während die Berufstätigen wiederum die digitalen Kompetenzen der Rentner fördern. Eine weitere Ermöglichung der Kontaktaufnahme zu anderen Menschen bietet das 2016 in Berlin gegründete Silbernetz, das inzwischen in ganz Deutschland agiert. Das Silbertelefon, ähnlich wie der vom Verein Retla 2019 in München geschaffene „Telefon-Engel", ist ein Gesprächsangebot, das auch wöchentlich mit ein und derselben Person in Anspruch genommen werden kann. Patenschaften werden übernommen und somit die Grundlage für Freundschaften geschaffen. Die Organisation versucht obendrein gegen die herrschende Altersdiskriminierung, d. h. die verbreitete negative Wahrnehmung der Alten als Belastung für die Gesellschaft, z. B. in Gestalt von Workshops, vorzugehen.

Der erwähnte Soziologe Elias weist darauf hin, dass es uns in der heutigen Zeit einfach gemacht wird, den Tod zu ignorieren, und zwar durch die Krankenversicherungen. Sie bieten die Möglichkeit der Vorbeugung und Behandlung von

Krankheiten. Die Fortschritte der Medizin nimmt man wahr als Garant für eine willkommene Lebensverlängerung. Die Hungersnöte vergangener Jahrhunderte sind in der westlichen Welt längst überwunden und deren Beschreibung in die Geschichtsbücher verbannt. Ebenso sind die Zeiten vorbei, in der die Kirche die Angst vor der Hölle schürte, d. h. vor der Bestrafung der auf Erden begangenen Sünden. Hierzu meint die Erzählerin in Sigrid Nunez' bereits erwähntem Werk, dass heutzutage sich niemand mehr vor der Hölle (im englischen Text in Großbuchstaben geschrieben!) fürchtet, dass sie nur die anderen betrifft! Und gemäß den Informationen eines unter Schwerkranken durchgeführten Podcasts glauben die meisten von ihnen, sie würden im Jenseits ihre lieben Verstorbenen wieder antreffen. Aus Naivität? Die Furcht beschränkt sich auf Schmerzen, Dunkelheit, das Ungewisse. Solange der Mensch noch einigermaßen gesund ist, suhlt er sich bequem im Meer gewonnener Pseudosicherheiten, die ihm den Tod vergessen helfen.

Während man im Mittelalter, vor allem in Pestperioden, der Begegnung mit faulenden Menschenleichen ausgesetzt war, werden heutzutage „Sterbende ... hygienisch aus der Sicht der Lebenden hinter den Kulissen des gesellschaftlichen Lebens fortgeschafft." Der Kranke kommt ins Krankenhaus bzw. ins Pflegeheim und der Tote wird nach Möglichkeit sofort von Zuhause vom Bestattungsinstitut abgeholt, obwohl er vom Gesetz her 72 Stunden dort aufgebahrt bleiben darf! Vielleicht handeln diese Unternehmen aus humanitären Gründen so flink, also um den Angehörigen den unangenehmen Anblick zu ersparen. Vielleicht aber auch aus geschäftlichem Interesse, denn die

Aufbewahrung der Leiche in ihren Gefrierkammern stellt eine wichtige Einnahmequelle dar.

Auf jeden Fall sei der Tod kein Geheimnis, offenbart uns Elias, und er öffne auch keine Türen. Er ist schlicht und einfach das Ende eines Menschen, eine von den meisten schwer zu ertragende, als Versagen gedeutete Tatsache. Und nicht zu vergessen: Er ist die einsamste aller menschlichen Erfahrungen! Eine, die nach einem in Würde geführten Dasein ebenso in Würde ihr Ende finden sollte! Das Leben wird oft mit einer Zugfahrt verglichen, deren Endstation der Tod einnimmt. Man sollte sich die Worte eines griechischen Philosophen vergegenwärtigen: „Zu sterben ist keine Schande, nicht zu leben hingegen eine Sünde"!

Was in den Untersuchungen nirgendwo Erwähnung findet, ist die längst ad acta gelegte Option, dass die Alten bei den Jüngeren Unterschlupf finden. Sie wird überhaupt nicht mehr in Betracht gezogen. Man gewinnt den Eindruck, man dürfe sie vor der neuen Generation nicht einmal erwähnen. Ein Ding der Unmöglichkeit. Ein Gespenst aus vergangenen Zeiten. Obwohl tatsächlich in vielen Familien – meist von den Frauen – die Pflegetätigkeit der erkrankten Eltern bzw. des Ehepartners übernommen wird. Es handelt sich um eine beträchtliche Zahl: Über zwei Millionen häuslich betreute Angehörige! Aus Nächstenliebe? Aus Barmherzigkeit? Oder rein aus finanziellen Gründen, da ein Altersheim die Ersparnisse, das Häuschen zunichtemachen würde? Der noch gesunde Alte hingegen wird sich selbst überlassen. Solange er noch zurechtkommt, soll er gefälligst in den eigenen vier Wänden bleiben. Die rüstigen werden allerdings durchaus geschätzt, ihr Einsatz für die Kleinkinder in Anspruch genommen. Aber ein Zusammenleben abgelehnt. Egoismus? Individualismus? Angst vor der Verantwortung? Dabei könnte der Alte in manchen Fällen zu einer Säule in der Jungfamilie werden, Konflikte zwischen den Generationen auffangen, ein Vorbild für die Kleineren sein, andersartige Gesichtspunkte über die Dinge des Lebens bieten, Ansichten anbringen, mit denen die Jüngeren sonst nicht konfrontiert würden. Eine Bereicherung darstellen durch die erlangte Altersweisheit.

Auf jeden Fall ist die klassische Einteilung in drei Lebensabschnitte überholt. Sie tragen je nach Autor verschiedene Bezeichnungen wie Bildungsphase, Erwerbstätigkeits- und Familienphase und schließlich Ruhestand. Letzterer wird inzwischen als Alter der Selbsterfüllung gekennzeichnet – vorausgesetzt man erfreut sich guter Gesundheit. Im Allgemeinen verfügt man über viel Zeit und sogar ausreichend Ressourcen, oft bessere als im Berufsleben, da die Kinder außer Hause sind und die Immobilie meist abbezahlt ist. Somit kann man sein Leben endlich nach den eigenen Vorstellungen gestalten – man denke an Bert Brechts Erzählung „Die unwürdige Greisin"! Heutzutage werden die zwischen 60 und 80 Jahren Zählenden in diese Altersgruppe eingereiht. Sie erhalten Titulierungen wie Silver Agers, Best Agers, Whoopies („Well-Off-Old-People", „gut situierte alte Menschen"), Kukidents oder ganz einfach „junge Alte". Der Ausdruck „Greis" hingegen wirkt diskriminierend! Neutraler: „Senior" oder „Betagter". Ernst Bloch spricht von der „Zeit der Ernte", des Lebensgenusses! Zum 31.12.2022 waren in der BRD 18,66 Millionen Einwohner älter als 65, Tendenz steigend! Laut Studien sind mehr als zwei Drittel zufrieden und leben unabhängig. Ein erfülltes Dasein verringert die Angst vor dem Tod. Die Glückskurve beschreibt eine U-Form mit einem Tiefpunkt um das 46. Lebensjahr. Danach steigt sie wieder an! Man spricht von den Encore-Berufen, also jenen, die in späteren Jahren zusätzlich zur eigentlichen Ausbildung erlernt werden. In den USA zählen bereits 10 Millionen Personen zu dieser Gruppe. Das bedeutet, dass immer mehr ältere Menschen weiterhin zum gesellschaftlichen Wohlstand beitragen! Und 16 % der Beschäftigten streben eh danach bis zum Renteneintrittsalter zu arbeiten! Der im Anschluss eintretende Ruhestand ist inzwischen in etlichen Bereichen als Un-Ruhestand vollkommen etabliert. So auch im Sport. 2003 waren in Deutschland gut 2 Millionen 60-Jährige Mitglieder in Sportvereinen! Die Bewegung wirkt sich positiv auf das Herz-Kreislauf-System aus, erhöht die Reaktionsfähigkeit, mindert die Unfall- und Verletzungsgefahr, trägt obendrein zur Sozialisation bei.

Erst nach dieser aktiven Phase kommt die vierte, die Hochaltrigkeit, in der die Gesundheit nachlässt, die Bewältigung des Alltags schwerfällt, die Abhängigkeit von anderen eintritt. Man spricht von einer Verschiebung des Alterseintritts um zehn bis zwanzig Jahre. Hinzu kommen geographische Besonderheiten, die sogenannten *blue zones,* in denen die Langlebigkeit besonders ausgeprägt ist. Zu ihnen zählen die folgenden fünf voneinander weit entfernten Städte oder Regionen dieser Welt: Okinawa in Japan, Sardinien, die griechische Insel Ikaria, Nicoya in Costa Rica und Loma Linda in Kalifornien. Nicht allein die gesunde, oft selbst erzeugte Ernährung trägt zur Lebensverlängerung bei. Es sind offensichtlich die sozialen Kontakte, d. h. die Einbettung im Familienclan, die Einbeziehung in die Feierlichkeiten und Ereignisse der Gemeinschaft sowie die Weiterführung der seit Kindesbeinen betriebenen Arbeiten und Angewohnheiten, die die Betreffenden am Leben erhalten. Die Tätigkeiten, oft hartes Eingreifen im landwirtschaftlichen Sektor, werden als Abwechslung, als Zerstreuung angesehen, nicht als Last. Ohne sie, ohne Betätigung beinhalte das Leben für viele im Gegenteil keinen Sinn mehr. Das Weitermachen als Lebenselixier, als Jungbrunnen.

In Nicoya behaupten die Alten, ihr Lebenssinn verstärke sich durch das Gefühl, gebraucht zu werden und zu etwas Gutem beizusteuern, auch durch physische Arbeit. Die Familienzugehörigkeit, die Fähigkeit des Zuhörens und des Lachens festigen den Lebenswillen zusätzlich. Durch den hohen Kalziumgehalt im Trinkwasser verringern sich die Herzkrankheiten. Kurze Sonnenbäder für Arme und Beine versorgen den Körper mit dem nötigen Vitamin D, wodurch wiederum weniger Knochenbrüche oder Herzprobleme auftreten. Abgesehen von ihrer positiven Weltanschauung und einer stressfreien Lebensführung spielt auch das kalorienarme Essen, vor allem am Abend, eine wichtige Rolle. Es besteht hauptsächlich aus den „drei Schwestern" der Landwirtschaft: Kürbis, Getreide und Bohnen.

In Loma Linda kommt noch ein weiterer Faktor hinzu: Der tiefe Glaube der Sieben-Tage-Adventisten, die sich strengen Auflagen unterwerfen. Neben gesunder Ernährung, viel Bewegung, der Vermeidung von Alkohol und Tabak sowie dem Schwerpunkt Familie und Gemeinschaft, spielt die spirituelle Besinnung eine außerordentlich große Rolle. Sie bewirkt Entschleunigung, Stressreduzierung bzw. die Befreiung davon.

In Deutschland existiert ein eingetragener Verein, der sich „Longevity Gesellschaft" nennt. In ihm wird die Langlebigkeit auf vier Faktoren zurückgeführt: 1. Schlaf, 2. gesunde Ernährung, 3. Bewegung, 4. psychisches Wohlbefinden. Somit ist er der Einzige, der den Schlaf erwähnt und obendrein an erster Stelle. Es ist allgemein bekannt, dass die deutsche Bevölkerung unter Schlafstörungen leidet. Deswegen wären diesbezüglich unter dem Aspekt Lebensverlängerung praktikable Lösungen begrüßenswert. Laut einer Studie der von Aaron Antonovsky eingeführten Salutogenese sterben 35 % der Alten genau durch das Fehlen eines oder mehrerer der aufgeführten Punkte. Andrerseits ergeben sich unzählige Senioren in beharrlicher Wartestellung ihrem bevorstehenden, unausweichlichen Schicksal.

In den Industriegesellschaften geht die Alterung in schnellstem Tempo voran. Auf dem japanischen Markt verkauft inzwischen Unicharm, der derzeit größte Windelhersteller Asiens, mehr Inkontinenz- als Babywindeln! Bis 2025 wird in Japan ein Durchschnittsalter von 50 Jahren erwartet. In diesem Land führte die Regierung im Jahr 1963 eine Neuerung ein: Sie verteilt an die 100-Jährigen ein silbernes Sake-Set. Eine fatale Entscheidung, denn 2016 zählte man bereits 30.379 Hundertjährige! Eine nicht bedachte Kostenfalle!

In der Antike hat man sich bereits mit dem Gedanken an den Tod beschäftigt. In mehreren Kulturen galt die Zikade nicht nur als Symbol für Kunst und Musik, sondern ebenfalls für die Wiedergeburt, das Aufsteigen der Seele und somit für die Unsterblichkeit. Es ist ihre Schönheit, ihr Gesang und ihr mysteriöser Lebenszyklus, der diesen Glauben entfachte. Das Alte Ägypten präsentiert ein Totenbuch mit einer Sammlung von Zaubersprüchen, die zum Übergang ins Jenseits und der Erlangung von Göttlichkeit verhelfen sollen. Die Ba-Seele bittet um Einlass in die Unterwelt und muss dabei mehrere Prüfungen bestehen, über dessen Ergebnis am Ende ein Totengericht entscheidet. Es obwaltet der Glaube an die Unsterblichkeit, wobei das Leben im Jenseits sich nicht von jenem im Diesseits unterscheidet. Das Tibetische Totenbuch erhielt seinen Namen in Anlehnung an das ägyptische. Es wird von einem Lama, einem tibetischen Lehrer oder Guru vorgelesen. Der Mensch soll zur Erkenntnis gelangen, dass die Welt um ihn herum nur aus Projektionen des eigenen Geistes besteht. Diese Einsicht, die allerdings zu Lebzeiten erlangt werden muss, ist die Voraussetzung für eine gute Wiedergeburt bzw. die völlige Befreiung davon.

In den asiatischen Kulturen wird das Alter, sein mentaler Vorsprung, mit Achtung begegnet, in China beispielsweise ein langes Leben zusätzlich mit Glück in Zusammenhang gebracht. Bei afrikanischen Völkern hingegen erlangt der Alte durch seinen sozialen Status oder der Anzahl der Kinder Anerkennung. Während sich Afrika einer jungen Bevölkerung erfreut, bringt in Japan die Überalterung riesige Probleme für die jüngeren Generationen mit sich und erzwingt einen markanten Wandel in ihrem Umgang, der des Öfteren in

Vernachlässigung der Älteren endet. Noch extremer ist die Vorgehensweise bei einigen Naturvölkern, die ihre Alten zum Sterben einfach in den Wald schicken, sie erdrosseln wie die Tschuktschen nach dem Festessen Kamitok, dem Hungertod im Eis aussetzen wie die Inuit, zum Selbstmord auffordern wie die Jakuten in Sibirien oder sie umbringen, wie während der großen Hungersnöte in Japan geschehen.

In Deutschland sterben 1,03 Millionen Menschen jährlich, die Männer in einem Durchschnittsalter von 78,3, die Frauen von 83,2 Jahren. Jeder dritte über 90-Jährige leidet unter Demenz. Nur 10 bis 15 % sterben auf einen Schlag, d. h. ohne eines vorherigen langen Krankheitszustandes. Der assistierte Suizid ist zwar inzwischen erlaubt, aber noch nicht gesetzlich geregelt. Er befindet sich demnach in einer Grauzone. Abgesehen von dem bereits erwähnten Ausweg durch eine Todeshilfe im Ausland bietet sich z. B. die noch nicht genehmigte Möglichkeit der vom australischen Arzt und Sterbehilfeaktivisten Philip Nitschke erfundenen Todeskapsel Sarco an. Der Sterbewillige legt sich in sie hinein und drückt auf einen Knopf, der einen Stickstoffstrom in die Kapsel hineinfließen lässt. Diese Kapsel, die einem Raumfahrtschiff ähnelt, kann anschließend als Sarg verwendet werden, da sie aus biologisch abbaubarem Material besteht.

Selbstverständlich existiert auch die Gegenbewegung, jene, die sich mit der Verlängerung des Lebens befasst, meist eine kostspielige Angelegenheit. In der Schweiz, in Zürich, eröffnet die *Longevity-Klinik Ayun* (arabisch: „Die Quelle"). Sie bietet Gentests, Kältekammern, Blutuntersuchungen etc. Für ihren Gründer Reichmuth ist Langlebigkeit der größte

Markt des 21. Jahrhunderts! Mit dieser Theorie steht er nicht alleine da. Der Kronprinz Mohammed bin Salman gründete die Stiftung *Hevolution* und investiert jährlich eine Milliarde Dollar in die Langlebigkeitsforschung. Und der US-amerikanische Milliardär Bryan Johnson dokumentiert sogar öffentlich seine persönliche Methode gegen eine frühzeitige Alterung. Er ernährt sich vegan, konsumiert täglich 100 unterschiedliche Pillen und treibt stundenlang Sport. Die Zielsetzung dieser und vieler anderer Anbieter und Anwender ist die Erlangung eines längeren Lebens in Gesundheit. Denn dieser Erfolg wird den Frauen im Durchschnitt nur bis zum 71. Lebensjahr und zwei Monaten beschert, den Männern bis zum 70. und acht Monaten!

Zu den natürlichen Rezepten für ein langes, gesundes Leben zählen neben denen in den blue zones praktizierten Methoden eine gute Lebensführung, gekoppelt mit innerer Zufriedenheit und eben jenem Gefühl, selbst gesund zu sein. Im Leben das richtige Maß zu finden, das Austarieren von Negativem und Positivem, das Herausfinden einer allerdings für jeden Einzelnen unterschiedlichen Sinnhaftigkeit, sind ein Garant für eine Verlängerung der Lebensdauer um immerhin durchschnittlich sieben Jahre. Diese Differenz wird nicht im gleichen Ausmaß durch gesunde Ernährung erreicht! Ein lohnendes Leben verlängert sich von selbst. Sowohl eine qualitative wie eine quantitative Bereicherung tun den Rest. Hingegen macht das ständige Betrachten der chaotischen Aspekte des Lebens krank. Das bedeutet, man sollte stereotype, im Laufe der Jahre angenommene Vorstellungen aufgeben, da sie belastend wirken. Und die Endlichkeit in Augenschein nehmen, denn sie verleiht dem Augenblick

Qualität. Deswegen wäre es ratsam, sein Leben mit Achtsamkeit, Einfühlungsvermögen, Meditation, Intensität und zugleich Muße zu bestücken. Ein lebenslanges Lernen sowie eine berufliche Umorientierung begünstigen deutlich das Zusammenleben und die Verständigung mit den Jüngeren. Über den Tod zu reden erleichtert den Umgang mit seiner Vorstellung. Ziele sollten stets realistisch aufgestellt sein, sodass sie der Lage entsprechend regulierbar sind. Die Diskrepanz zwischen Kranksein und Krankfühlen, genauso wie zwischen dem Altsein und Altfühlen müssen wahrgenommen werden! Man kann durchaus über den Dingen stehen! Nicht zu übersehen ist auf jeden Fall, dass arme Menschen, die die Antiaging-Industrie ausnahmslos außer Acht lässt, früher sterben als begüterte.

Es war einmal

Gut, dass ich ein paar Tage der häuslichen Monotonie entkommen kann! Wenn man bei sechs Familienmitgliedern überhaupt von einer solchen sprechen kann! Aber die Pandemie hat unser aller Leben verändert; uns in unsere Heime verbannt! Kontaktsperren verordnet! Zu unserem Schutze! Wir können von Glück reden, denn wir haben uns ja zumindest gegenseitig. Wie sieht es hingegen bei Einzelkindern aus? Stelle ich mir grausam vor. Da meine Generation kaum noch liest, verlieren sich bestimmt die meisten Jugendlichen in Computerspielen. Das Suchtpotenzial exponentiell gestiegen! Wir Geschwister unterliegen einer starken Kontrolle vonseiten unserer Eltern; unsere Möglichkeiten bezüglich solcher Zerstreuungen enorm eingeschränkt. Obwohl wir, immerhin vier Jungen, gerne an den mörderischen virtuellen Handlungen teilnehmen würden. Als erstes musste Papa jedoch für uns drei Schulkinder die erforderlichen Computer organisieren. Für das Homeschooling wohl gemerkt. Also laufen bei uns zuhause manchmal fünf dieser Geräte gleichzeitig, denn die Eltern sitzen genauso wie wir, jeder in seinen vier Wänden, vor dem dunklen Rechteck! Für sie heißt es Homeoffice. Das Leben hat sich geändert. Total! Es geht ja mittlerweile schon besser, da man ein hybrides System eingeführt hat, eine Woche Schulunterricht, gefolgt von einer in häuslicher Internierung. Leider funktioniert die Technik noch nicht so richtig. Die Lehrer sind einfach überfordert! Von einem Tag auf den anderen müssen sie ihre lang tradierte Unterrichtsweise umkrempeln, d. h. sich komplett umstellen oder sogar die neue elektronische Technik erlernen. Weit entfernt von Perfektion.

Von der berühmten deutschen Gründlichkeit. Ein Armutszeugnis.

Ich gönne mir nun eine kurze Auszeit. Fahre zu den Großeltern. Die vierstündige Zugfahrt habe ich bereits des Öfteren alleine bewältigt. Ist inzwischen eine Art Routine geworden. Nicht immer wie jetzt mit Maske im Gesicht sowie Laptop und Schulunterlagen im Gepäck. Muss ja am Heimunterricht teilnehmen. Und diesmal sogar mein Cello dabei. Dieser Koloss. Papa bestand darauf, dass ich den Zoomeinzelunterricht nicht verpasse. Das halbe Stündchen! Aber es geht ohne weiteres. Alle denken hier im Zug, ich nehme an einer Konzertaufführung teil. Das geht doch in dieser Zeit gar nicht! Es fällt uns allen noch so schwer, in den nun üblichen Bahnen zu denken. Die ersten Hochhäuser erscheinen in meinem Blickfeld. Gleich kommen wir an. Armer Opa! Sitzt nun schon seit Jahren im Rollstuhl. Ich habe ihn nicht gehend erlebt. Ebenso wenig sprechend! Ein Schlaganfall hat ihn vor mehr als einer Dekade gelähmt, sozusagen aus der Normalität geworfen. Aber Oma bewältigt die Situation meisterhaft. Sie lässt ihn an allem teilnehmen. Hat ihn schon mehrmals zu uns mitgenommen, im Auto, im Zug. Schiebt seinen Rollstuhl, Rucksack auf dem Rücken, große Tasche an den Handgriffen des Rollstuhls gehängt. So etwas ist nicht jedermanns Sache. Sie macht es mit einer nonchalanten Selbstverständlichkeit. Nicht um Lobeshymnen zu ernten. Ich denke mir, ihre Aufopferungsbereitschaft ist eine Entlohnung für sein früheres Leben. Wahrscheinlich für seine eigene Hingabe an sie, bestimmt auch für seine Verdienste, beruflicher und charakterlicher Art. Aus Papas Erzählungen höre ich es heraus. Und Adelheid berichtete mir, dass ihr

Frauenarzt ihr den Ratschlag erteilte, den Opa ja nicht in die Ecke zu stellen, sondern ihn am Leben teilhaben zu lassen. Diesen Tipp hat sie sich zu Herzen genommen. Es war bestimmt für sie anstrengend, aber im Endeffekt lohnend. Für beide. Sie hat auf diese Weise auf jeden Fall ein gutes Gewissen. Zu Recht!

Da stehen sie schon am Gleis. Ich laufe so gut es geht zu ihnen hin. Opa freut sich. Jede Abwechslung ist ihm willkommen. Wir fahren mit dem Bus zur Wohnung. Dass ich das Cello mitbringe, war ihnen nicht bekannt. Ich habe Verständnis dafür, dass es Oma leichter fällt, den Rollstuhl über die Rampe in den Bus zu schieben, als Opa beim Transfer auf den Beifahrersitz ins Auto zu unterstützen und den 20 Kilo schweren Rollstuhl hinein zu hieven. Dabei ist dieses Verb zu elegant, denn sie wirft das Ungetüm regelrecht in den Gepäckraum. Gewährt einige Sekunden lang ihrem Widerwillen freien Lauf. Hasst sie dieses Gestell? Symbol ihrer Ohnmacht? Lackschäden um die Hecktür herum bezeugen ihre Handlungsweise. Lieber das Auto trägt ein paar Schrammen davon als Opa käme zu Schaden!

Im Bus erzählen sie mir von der Herfahrt. Da sie zeitig ankamen, streunten sie über den Bahnhofsplatz. Im Allgemeinen ein gut besuchter, quicklebendiger, lauter Ort. Nunmehr verlassen, verödet, leise. Die Imbissbuden geschlossen, in den Cafés die Stühle ungenutzt auf den Tischen aufgestellt, angekettet. Geisterhafte Stimmung. Erdrückend. Das Leben steht still, die ganze Erde steht still, befindet sich sozusagen in einem von Geisterhand verordneten Ruhestand. Opa war durch das Fernsehen und durch Omas Berichte über unseren neuen Normalzustand informiert. Sie hat ihn präventiv jeglicher Kontakte ferngehalten. Hat er die sowohl von staatlicher wie von Omas Seite ergriffenen Maßnahmen eingesehen und darüber hinaus verstanden, in welch einer brenzlichen Lage wir leben, solange keine Impfung auf dem Markt ist? Aber selbst zu erfahren, zu sehen, dass nichts läuft, dass die Stadt leergefegt ist, das ist vielleicht ein kleiner Schock für ihn. Waren die Berichte seines Erachtens überhaupt glaubhaft gewesen oder hatte er sie als übertrieben empfunden? Provoziert nun die höchstpersönliche Begegnung mit den Alltagsveränderungen Ernüchterung, gar eine zu heftige Empfindung? Nimmt ihn die Realität zu stark mit? Interpretiert er die allgemeine Stagnation womöglich als Weltende? Diese Gedanken kommen mir aber erst später. Ob Oma irgendwie Gewissensbisse erleiden wird? Sie meinte es ja gut! Er sollte endlich die Wirklichkeit mit eigenen Augen erblicken. Aber dennoch. Mein Zweifel mangelt nicht an Berechtigung.

Den Abend verbringen wir gemütlich mit Essen, Unterhaltung und Kartenspielen. Opa hört immer gespannt zu. Versteht er alles? Beteiligen kann er sich aufgrund seiner Aphasie nicht am Gespräch. Das sind wir alle inzwischen gewohnt. Er genießt dennoch sichtlich unser Beisammensein, meine Gegenwart, die Ablenkung in der tödlichen Coronaroutine. Gegen 22 Uhr 30 marschieren wir alle ins Bett.

Mein Opa Michael ist mit seinen 84 Jahren schon über einen langen Zeitraum ein Pflegefall. Schlaganfall. Halbseitige Lähmung. Aphasiker, d. h. Sprachfähigkeit abhanden. Dennoch hat er dank Adelheids Einsatz stets an etlichen

Vergnügungen des Alltags teilnehmen dürfen, an Tagesausflügen, Opernbesuchen, Reisen im Flugzeug, mit Bahn und Auto, unterwegs zu Geburtstagsfeiern, Ausstellungen, Spazierfahrten in der Natur. Alles bereitet ihm Freude. Das sieht man ihm an. Und Adelheid nimmt die Mehrarbeit, die Strapazen hingebungsvoll auf sich.

Am nächsten Morgen setzen wir uns gemeinsam an den Frühstückstisch. Michael trinkt genüsslich und gemächlich seinen Milchkaffee, zwischendurch greift er zu den von Adelheid vorbereiteten Brotstücken mit Käse oder Marmelade auf seinem Teller. Und dann plötzlich schiebt er seinen Stuhl zurück, als wolle er aufstehen. Sein Vierpunktstock steht immer parat neben ihm. Er übernimmt die Gehfunktion seines gelähmten Beines. Aber Michael steht nicht auf. Adelheid schaut ihn mit Entsetzen an! Ahnt sie schon etwas? „Was ist denn los?", fragt sie ihn ängstlich. Keine Reaktion. Stattdessen: Einnicken. Michael verfällt in Schlaf. Zuerst sanft, dann fällt sein Kopf ein wenig auf seine Brust, Schnarchen setzt ein. Adelheid stürzt sich auf ihn, rüttelt ihn. Nichts. Sie schaut mich entgeistert an, greift hastig zum Telefon. In der Eile, in der Nervosität wählt sie die 110. Nein, mit der Polizei wollte sie nicht verbunden werden. Dann eben die 112. Sie solle versuchen, ihn zu wecken. Geht nicht. Okay. Ruhe bewahren. Der ärztliche Notdienst komme gleich.

„Also Thomas, ich werde den Opa wohl ins Krankenhaus begleiten müssen. Vielleicht wäre es das Beste, du führest nach Hause zurück.". „Aber nein, wir warten mal ab, was der Arzt sagt.". Dabei hat Adelheid in der Aufregung vergessen, dass wegen der Pandemie Begleitpersonen in den

Kliniken nicht gestattet sind. Immer noch leben wir in der guten alten Zeit, wehren uns vehement dagegen, vom Istzustand vereinnahmt zu werden.

Zehn Minuten später trifft der Arzt mit Sanitäter ein. Ich werde argwöhnisch beäugt. Wer ich sei. Ob jemand unter Corona leide. Negative Antwort. Der Sani beginnt mit den üblichen Untersuchungen, während der Notarzt seinerseits Adelheid die üblichen Fragen stellt. Er staunt nicht schlecht, als er von ihrer sechzehn Jahre währenden Pflegeleistung vernimmt und ebenso sehr über die vielseitigen Unternehmungen mit dem Kranken im Rollstuhl. Es klingelt wieder. Zwei Feuerwehrleute treten mit Transportliege in Erscheinung. Uns wird der Ernst der Lage klarer. Die Mediziner ahnen mehr als wir uns vorstellen können. Der Sanitäter gibt die von ihm ermittelten Blutwerte usw. durch, aber auf einmal erblasst er: „Der Puls ist weg!". Die Stunde oder eher die Sekunde des Arztes hat geschlagen. Er steht von seinem Stuhl auf, fragt nach einer Patientenverfügung. „Die bringe ich sofort!", sagt Adelheid und schon ist sie in ihr Zimmer aufgebrochen, um das Dokument zu holen. Mit einer unglaublichen Geistesgegenwart nimmt sie die Wichtigkeit des Augenblicks wahr. Sie möchte keinen Fehler begehen, den Text eventuell falsch wiedergeben. Und die Feuerwehrleute? Sie legen Michael sanft auf den Boden und beginnen kleine Metallplättchen auf seine Brust zu verteilen. Adelheid und ich haben aber immer noch nicht verstanden, was sich hier vor unseren Augen abspielt. Der Arzt findet in Windeseile die ausschlaggebende Textstelle in der Verfügung: „Er möchte keine lebensverlängernden Maßnahmen!". Somit stellen die Feuerwehrleute ihre Tätigkeit ein. Fällt nun endlich der

Groschen bei uns beiden? Adelheid kniet sich zu Michael und streichelt ihn am Arm. „Lebt er noch?". „Nein, er ist tot", lautet die lapidare Antwort. „Was passiert, wenn man ihn wiederbelebt?". Denn nun ist ihr bewusst geworden, wozu die Plättchen gut sein sollen. „Wie würde er weiterleben? Wie eine Pflanze?". „Ja, so ist es. Er würde nur noch vegetieren. Die schönen Ausflüge mit Ihnen würde er nicht mehr mitbekommen, nicht daran teilnehmen können.".

Langsam dämmert es Adelheid, welchen Held sie in Form dieses Notarztes vor sich hat. Er ist derjenige, der ihr die Entscheidung über Leben und Tod abgenommen hat. Er spürt, er weiß durch das kurze Gespräch mit Adelheid, mit welcher löblichen Hingabe sie sich über die Jahre hinweg für ihren Gatten eingesetzt hat; er führt den Befreiungsschlag durch, damit sie ab nun für sich leben kann. Gewissensbisse braucht sie nicht zu haben, denn der Arzt hat sie ihr abgenommen, auf sich geladen. Sie kann aufatmen. Ob dieser Mediziner eine Ausnahme bildet oder nicht, ist ihr egal. Seine Leistung unermesslich für sie.

Adelheid weint nicht. Ist sie auf diesen Moment vorbereitet? Wie oft hat sie ihn die sechzehn Jahre hindurch schon im Geiste Revue passieren lassen? Auf jeden Fall ist sie gefasst. Es herrscht beklemmende Stille. Die fremden Männer ergreifen das Wort in der Meinung, sie müssten Trost spenden; sie weisen auf die Telefonfürsorge hin. Adelheid winkt ab. Sie habe ihre Kinder und Enkel. Michael wird auf einem speziellen Tragetuch zum Bett getragen und nachdem der Arzt die letzten Instruktionen erteilt hat, werden wir alleine gelassen. Mit einem Toten in der Wohnung. Ein wenig unheimlich ist mir schon zu Mute. Adelheid und ich umarmen uns. Noch immer keine einzige Träne. Hat sie so viel gelitten, dass dieser Augenblick eine Erlösung darstellt? Auch in den nächsten Tagen wird sie ihre Haltung nicht ändern. Dass Adelheid eine toughe Frau ist, war mir zwar bekannt, aber diese Gefasstheit übersteigt mein Vorstellungsvermögen. „Michael hat mir in den ersten Jahren seiner Krankheit den Tränenvorrat meines restlichen Lebens genommen, mich ausgetrocknet. Es war mir schon immer bewusst, dass ich für dieses Fehlverhalten, das Wegbleiben des Weinens beim Eintritt seines Todes, von der Gesellschaft verurteilt werden würde. Der Streik der Drüsen wird als anormal angesehen. Ich habe halt im Voraus gelitten, und z war stark. Dennoch ist mein Verhalten verpönt, gehört sich einfach nicht, wird nicht verstanden, noch weniger akzeptiert werden!", erklärt mir Adelheid ihr Unvermögen.

Es ist meine erste Begegnung mit dem Tod, einem sanften. Kein Kampf ging voraus. Opa entschlief. Immer intensiver wurde seine Atmung, immer tiefer geriet er in Orpheus' Armen. So kam es uns vor. Sein Leben erlosch wie eine Kerze, genau wie es in diesem gängigen Bild des Todes dargestellt wird. Er ging hinüber, ohne etwas zu merken. Wir beide übrigens auch nicht. Schöner hätte er es nicht haben können, vollkommen seinen Wünschen entsprechend! Einfach den Kopf vornüberfallen gelassen und klanglos weggetreten. Kein Altersheim, kein Krankenhaus- oder Hospizaufenthalt. Einfach im trauten Heim, von seinen Lieben umgeben, hinübergeschwebt. Ein Glückspilz, auch wenn wir normalerweise den Tod mit Horror gleichsetzen. Da wir uns in Begleitung des Arztes und der Sanitäter befanden, machten wir

auch nicht die Erfahrung, die die Erzählerin in Sigrid Nunez'
Werk „Was fehlt dir" beschreibt. Die dort erwähnte
bedrückende, beklemmende Stille blieb uns erspart: „Ich
erinnerte mich an die Nachtwache neben dem
Krankenhausbett meines Vaters, der nur noch so mühsam
atmete, dass es sich anhörte, als stünde eine schlecht
funktionierende Maschine im Zimmer, und dann der Schock,
als er aufhörte, einfach *so,* als wäre die Maschine abgeschaltet
worden, und die darauf folgende Stille war lauter als sein Atem
gewesen, lauter als jede Maschine, lauter als alles, was ich je
zuvor im Leben gehört hatte.". Die Gewalt der Stille!
Gleichbedeutend mit dem Nichts! Das Vorbeisein, das Ende!
Sie kann einen erschaudern lassen! Dann lieber Musik,
Remmidemmi.

Adelheid ruft meinen Papa an. Er beschließt sofort, mit
der ganzen Familie im Auto zu uns zu fahren. Wir werden alle
in der Wohnung unterkommen, Oma schläft auf einer Matratze
im Wohnzimmer, Mama mit meinen zwei kleineren Brüdern in
einem Zimmer, Max und ich in dem zweiten Schlafzimmer.
Und Papa? Kaum zu glauben, aber er zieht in Opas Zimmer, in
sein Bett, legt sich neben ihn, den Toten! Erzählen werden wir
es niemanden! Wir genieren uns! Vielleicht sollten wir stolz
sein. Handelt es sich bei anderen Völkern eventuell um eine
natürliche Erfahrung? Denn in Orhan Pamuks Roman „Die
rothaarige Frau" bettet sich der Erzähler ebenfalls neben
seinen verstorbenen Vater und bemerkt dazu: „…ich (legte)
mich im Schlafzimmer neben meinen Vater. Seine Haare, die
Wangen, die Arme, das zerknitterte Hemd, sogar sein Geruch,
alles war noch wie damals in meiner Kindheit.". Ein Statement
von Nähe, Verbundenheit. Ob Papa es auch so empfunden hat?

Auf jeden Fall werden wir Omas Freunde darüber unterrichten, dass eine Leiche gesetzlich bis zu 72 Stunden im Privathause verbleiben darf. Das Bestattungsinstitut wollte Michael nämlich bereits am gleichen Nachmittag abholen. Adelheid wehrte sich, denn Papa sollte sich ja verabschieden können und so erfuhr sie von der Regelung.

Wir Kinder betreten Opas Zimmer nicht. Wir beäugen die verschlossene Tür, als befände sich ein Ungeheuer dahinter. Die Furcht hat uns ergriffen. Wir wahren die Distanz. Und die Erwachsenen? Ihnen scheint die lange Präsenz der Leiche gut zu tun. Oma setzt sich mehrmals am Tag auf den Stuhl neben Opas Bett. Redet sie mit ihm, der ihr bereits in den letzten sechzehn Jahren keine Antwort geben konnte? Muss sie seine Gesichtszüge in sich aufsaugen? Egal. Stets verlässt sie mit trockenen Augen das Zimmer. Die Tränenquelle auf ewig versiegt. Und Papa? Auch er hat genügend Zeit, Abschied zu nehmen. Meine Tante Silvia, die in ein paar Tagen zur Beerdigung erscheinen wird, verabschiedet sich über WhatsApp von ihm, bittet Oma das Handy auf Opas Herz zu legen und redet eine halbe Stunde auf ihn ein. Ihr Schluchzen ist zu hören.

Papa und Oma machen sich an die Arbeit: Zeitungsannonce, Benachrichtigung der engsten Verwandten und Freunde, Vorbereitung der Trauerkarten. Die Grabstelle haben Oma und ich auf dem nahegelegenen Friedhof auf einer Fahrradtour ausfindig gemacht, noch bevor Papa bei uns eintraf. Ein schattiger, idyllischer Platz, mitten in einem Wald, ein Teich mit Enten und Gänsen ganz in der Nähe. Für Oma in ein paar Minuten von ihrer Wohnung aus erreichbar.

Auch der Rest der Familie ist beschäftigt; wir Kinder mit Homeschooling, Mama mit Homeoffice. Ganz offensichtlich geht das Leben ungestört weiter. Man möge es nicht glauben! Andauernd läutet das Telefon. Wegen der Pandemie sind nur maximal 25 Personen zur Trauerfeier auf dem Friedhof erlaubt. Es werden an die 40 kommen. Eine Kontrolle wird nicht durchgeführt. Einen Priester oder einen Redner lehnt Adelheid ab. Sie hatte bei der Beerdigung ihrer Tante dem Pastor die Einzelheiten aus ihrem Leben erzählen müssen. „Das könnt ihr doch selber erledigen. Jeder von euch Kindern berichtet aus seiner Perspektive über seinen Vater. Ich halte mich zurück, denn das stehe ich nicht durch!", meint sie entschlossen. Und die Musik? Etwas Klassisches, das er doch so geliebt hatte? Nein! Ein Tango! Nicht irgendeiner! Adiós Nonino von Astor Piazzola! 1959 zum Tode seines Vaters komponiert. Ein melancholisches, tief ergreifendes Werk, das durch Mark und Knochen geht. Als diese Entscheidung fällt, äußert Oma: „Auweia! Während der Wiedergabe werde ich mein Hörgerät ablegen. Um nicht loszuheulen! Das geht mir einfach zu nahe!" Eine Freundin wird später beeindruckt erklären, sie habe bereits verschiedenartige Musik bei einem Begräbnis erlebt, aber zum ersten Mal einen Tango.

Unsere Eltern beschließen vier Tage später, dass wir zurück nach Hause fahren und wir Kinder nicht zur Beerdigung zugegen sein werden. Genug Todespräsenz haben wir in dieser Zeit erlebt und auch die Grabstelle gemeinsam aufgesucht. Ausreichend Abschied genommen. Deswegen nimmt Papa kurze Erinnerungsberichte von uns allen an Opa auf CD auf, die er dann in der Aussegnungshalle abspielt. Das reizende, aber unverständliche Gebrabbel vom einjährigen

Fritz wird zur Aufheiterung bzw. Entspannung der Trauergesellschaft beitragen!

Als die Trauergemeinschaft vor dem Grabe versammelt ist, legt Oma ein ungewöhnliches Verhalten an den Tag. Das erzählt mir später der verwunderte, sogar ein wenig entsetzte Papa. Sie stellt die Gäste einander vor. „Es fehlten nur noch der Cocktail und die Kellner mit den Tabletts!", kommentiert Papa. „Als befände sie sich auf einer Party, wie in früheren Zeiten, als sie die Botschaftseinladungen erhielten. Es war mir äußerst peinlich! Sie merkte nichts davon, machte weiter. Aber im Grunde genommen verstehe ich im Nachhinein, was in ihr vor sich ging. Es war ihre Art, mit der Situation fertig zu werden, sich der traurigen Stimmung zu entledigen. Verstanden es die Teilnehmer ebenso? Ich bezweifle es.".

Auf jeden Fall war die Tatsache, dass Adelheid Begleitung beim Begräbnis hatte, von Wichtigkeit. Denn das Erscheinen von Verwandten und Freunden bei solch einer Gelegenheit dient schlicht und einfach der Anteilnahme. Und die braucht der Zurückgebliebene offensichtlich. Diesen Umstand musste Adelheid ihrer Freundin Esther verdeutlichen. Denn Esther hatte den Wunsch geäußert, bei ihrer Beerdigung nach Möglichkeit ausschließlich von den engsten Familienangehörigen begleitet zu werden. „Aber, Esther", erläuterte ihr Adelheid, „dass du im toten Zustand niemanden brauchst, ist glasklar. Aber die Begleitpersonen helfen deinem Mann oder deinen Kindern bei der Trauerbewältigung. Sie, die Lebenden, sind diejenigen, die die Unterstützung dieser Personen benötigen. Nach dem Motto:

„Geteiltes Leid ist halbes Leid!". Das hat Esther dann eingesehen.

Da zur Beerdigung kein Priester bestellt worden war und Opi eigentlich gläubiger Katholik, als Kind sogar Ministrant gewesen war, kam meine Tante Silvia auf eine glorreiche Idee. Ihre Freundin Agathe, die ihre Schulzeit im Kloster absolviert hatte, würde das Vaterunser aufsagen. Jeder Anwesende sollte in seiner eigenen Fasson daran teilnehmen. Ihre Diktion war perfekt, langsam, einfühlsam, erteilte der Zeremonie den entsprechenden feierlichen Touch und führte den würdigen Abschluss herbei. Man verabschiedete sich voneinander, denn durch die Pandemievorschriften war ein Beisammensein in einem geschlossenen Raum untersagt. Kein gemeinsamer Totenschmaus, obwohl der im Sinne Michaels gewesen wäre, er, der Gourmet, der so gerne in feinen Restaurants gespeist hatte.

Wir fragten uns alle, wie Adelheid ihr neues Leben in den Griff bekommen würde. Sechzehn Jahre lang hatte sie einen Vollzeitjob mit Michael gemeistert. Und nun? Würde sie in ein Loch fallen? Sie hatte vorgesorgt: Sie hatte ihre Hobbys nicht aufgegeben, Bergwanderungen, Kartenspiele, diverse Literaturgruppen, Damentreffen, alles Tätigkeiten im Verbund! Sie würde sie nun mit mehr Muße, ruhiger, ohne Hetze angehen können, sie, die Eilige, die Getriebene. Vielleicht würde sie auch neue Betätigungsfelder ausfindig machen müssen, denn an Zeit würde es ihr nicht mangeln! In allem war sie flink und dennoch akkurat. Papa bot ihr an, für einige Zeit bei uns in der Einliegerwohnung unterzukommen.

Sie lehnte höflich ab. Sie – und auch wir – war sich sicher, mit der Veränderung in ihrem Leben fertig zu werden.

Diese ist meine erste Begegnung mit dem Tod. Viele meiner Klassenkameraden haben nicht einmal einen sterbenskranken Menschen erlebt! Ich hingegen habe meinen Großvater nur mit seiner Behinderung und seiner Unfähigkeit zu sprechen gekannt. Einzig und allein in diesem Zustand! Wir haben ihn so akzeptiert! Auch meine Geschwister. Neulich spielten wir alle gemeinsam ein Detektivspiel. Dabei musste man den Mörder ausfindig machen. Unter den möglichen Tätern befand sich auch ein Großvater. Und was schrie mein Bruder? „Nein, Opi darf nicht der Mörder sein! Er war doch immer so lieb!" Hat er uns umarmt? Hat er uns Geschichten erzählt? Hat er mit uns gespielt? Gar nichts hat er gemacht, der Arme! Rein gar nichts konnte er bieten und dennoch gewannen wir ihn alle lieb. Wir haben ihn so angenommen, wie er war. Aus Mitleid? Aus Mitgefühl? Auf jeden Fall hat uns seine Präsenz nicht geschadet. Scheu vor ihm empfand niemand. Also kann man junge Menschen ruhig die Gegenwart einer kranken Person zumuten. Adelheid erzählte mir, dass sie ungefähr 15-jährig mehrmals ihren bettlägerigen Großvater begleitet hatte. Sie musste neben ihm weilen und bei Bedarf die Sauerstoffzufuhr der Flasche regulieren. Sie verbindet auch keine schlechten Erinnerungen mit ihrem Einsatz.

Bei meinem Freund Ulrich ist es anders. Er weiß, dass er Großeltern hat, seine Eltern besuchen sie auch, er wird aber nie mitgenommen. Seine Mutter meint, er solle den Verfall nicht miterleben, die Großeltern als gesunde, valide Menschen in Erinnerung behalten. Das Altern, das Erkranken wird von ihm ferngehalten. Wieso sollen wir nur den schönen Besonderheiten des Erdenlebens begegnen? Krankheit und Sterben gehören dazu! Genauso wie ein Friedhofsbesuch oder gar ein Begräbnis. Denn bei Camilla verhielt es sich anders als bei Ulrich. Als ihre Omi starb, wurde Camilla samt ihrer vierjährigen Schwester zur Urnenablage unter einem Baum mitgenommen. Solch eine Vorgehensweise ist nicht in allen Familien üblich, wie mir Adelheid erstaunt mitteilte. Ein älterer Bekannter fragte sie um ihre Meinung: „Meine Schwiegertochter möchte die Kinder, drei- und fünfjährig, mit zur Beerdigung nehmen. Ich finde das unangebracht. Wieso soll man die Kleinen in so frühem Alter mit dem Tod konfrontieren?". Und Adelheid: „Das finde ich nicht schlecht. So verstehen sie vielleicht eher, warum die Großmutter nicht mehr erscheint, wieso sie sie nicht mehr umsorgt!". Dieses Argument sah er ein und kommentierte später, seine Enkel hätten die Zeremonie gut bewältigt. Der Tod sollte demnach nicht aus dem Blickfeld von uns Kindern entfernt werden. Im Gegenteil: Durch die Begegnung mit ihm fällt es uns einfacher, ihn als Teil, als Ende des Lebens, zu akzeptieren. Wenn man sich alte Gemälde anschaut, ist stets die ganze Familie, also inklusive Kleinstkinder, um das Sterbebett versammelt. Diese Einstellung ist überhaupt nicht verwerflich, sondern durchaus nachahmenswert!

Was hingegen auf keinen Fall nachahmenswert ist, dass sind Lügen in Bezug auf den Tod. Da fällt mir der Lebenslauf des peruanischen Autors Mario Vargas Llosa ein. In seinem autobiographischen Werk „*El pez en el agua*", 1993 erschienen, deutsch „*Der Fisch im Wasser*", erzählt er u. a. von seiner Kleinkindzeit. Auf Geheiß seiner Mutter betet er jeden

Abend vor dem Zubettgehen für das Seelenheil seines verstorbenen Vaters. Dieses Ritual vollbringt er viele Jahre hindurch, bis eines Tages sein leiblicher Papa bei der Familie zu Hause in Erscheinung tritt. Er war also keinesfalls gestorben, sondern hatte ganz einfach seine Ehefrau verlassen. Diese wiederum wollte die Schmach vor den engsten Verwandten geheim halten. Wie reagiert ein Kind in solch einem Fall? Müsste es nicht in psychologische Behandlung? Bei Vargas Llosa findet eine solche keine Erwähnung. Auffällig ist in seinem Curriculum, dass er bereits mit 19 die um zehn Jahre ältere Julia heiratet, von der er sich dann 9 Jahre später scheiden lässt. Er kann von Glück reden, denn er ist allem Anschein nach gut davongekommen, erhielt 2010 sogar den Literaturnobelpreis und wurde 2023 in die Französische Akademie aufgenommen.

Wir Normalsterblichen haben nicht die Möglichkeit, eine so gewaltige Lüge in Hinblick auf den Tod des eigenen Vaters zu verarbeiten. Dann lieber, wie bei uns, den Tatsachen in die Augen schauen, damit sie im Endeffekt nicht verstörend wirken.

Stadt- und Landansichten

Adelheid fuhr zu einer Geburtstagsfeier in die Schweiz, in das ihr noch unbekannte Winterthur. Das kleine Städtchen mit seinen 115.000 Einwohnern zeichnet sich durch seine Anzahl an Museen aus. Am bekanntesten die Sammlung impressionistischer Maler von Oskar Reinhart, einerseits im Museum am Stadtgarten untergebracht und andrerseits in seiner ehemaligen Villa „Am Römerholz". Trotz ihrer Affinität für Gemälde nahm ein andersartiger, frappanter Aspekt der Stadt Adelheids Interesse in Anspruch!

In der Nähe des Hauptbahnhofs befindet sich das ehemalige Fabrikareal der Firma Sulzer, immerhin 1834 gegründet. Sie begann als Bronzegießerei und beschäftigte zu ihrer Hochzeit in der zweiten Hälfte des 19. Jahrhunderts 33.000 Mitarbeiter. In der Zwischenkriegszeit profilierte sie sich dann als eine der weltweit führenden Dieselmotorenherstellerinnen für die Schifffahrt. 1960 ließ man als neuen Hauptsitz das Sulzer Hochhaus errichten, zu dem Zeitpunkt das höchste der Schweiz! Der Großdieselmotor war 1961 ihr Vorzeigeprodukt. Ab 1984 erleidet das Unternehmen herbe Verluste, die sich durch den Auszug der Schwerindustrie aus dem Land Ende der 1980er verstärken. Nicht verwunderlich also, dass dieser Konzern zu den ersten Industriebrachen der Schweiz zählt. Was sollte nun mit dem 20 ha großen Gebiet inmitten des Zentrums von Winterthur geschehen? 1989 opponierte die Bevölkerung gegen den Abbruch der bestehenden Bausubstanz. Jean Nouvel gewann zwar 1990 die Ausschreibung zu ihrer Umgestaltung, aber die eintretende Rezession auf dem Immobiliensektor legte das

Projekt lahm. Durch die Aufteilung des verbleibenden Unternehmens in mehrere Divisionen wurde es profitabler. Obwohl es heutzutage mit seinen insgesamt 12.900 Mitarbeitern weltweit an verschiedenen Standorten ansässig ist, nutzt es tatsächlich noch Gebäude vor Ort. Trotz des zusätzlichen Umbaus einiger Bauten in Wohnungen bzw. Arbeitsstätten bleibt leider ein Großteil des Geländes in diesem Mischgebiet immer noch ungenutzt!

Adelheid überkam ein unangenehmes Gefühl, als sie durch den ehemaligen Fabrikkomplex schlenderte. Der Anblick erschütternd. Einerseits die mittels Renovierung entstandenen schicken Wohnungen mit Balkon, daneben leerstehende Gebäude, dem Verfall preisgegeben. Hier eine einfache Kneipe, dort ein Gebrauchtwarenhandel, mal eingeschlagene Fensterscheiben, mal Leere, die kein heimeliges Gefühl hervorrief. Es fehlt auch an Bepflanzung, an Grünflächen, an Kinderspielplätzen. Diese Trostlosigkeit, Leblosigkeit lädt nicht zum Verweilen ein, nicht zum Einzug in eine der hergerichteten Wohnungen. Wie fühlen sich wohl die Bewohner? Und obendrein des Nachts? Wer wird schon gerne trotz Zentrumnähe durch die verlassenen Straßen gehen wollen, ohne Angst zu verspüren? In Adelheids Sichtweise keine optimale Nutzungsmaßnahme. Eine sinnvolle Verwertung für so große Grundstücke zu ermöglichen, gestaltet sich nicht einfach, da sich die Investitionen, d. h. Abriss, Abtransport und Neubau, manchmal nicht bezahlt machen.

Adelheid nahm die Konsequenzen einer Deindustrialisierung wahr. Auf manchen Gebieten geht es nicht mehr voran. Man kann nur hoffen, dass der Untergang einer Sparte von einer anderen ersetzt wird, damit die junge Generation in Arbeit bleibt.

Auf dem Weg zur Villa „Am Römerholz" machte Adelheid ihre zweite traurige Entdeckung. Am Südhang des Lindbergs gewahrte sie das Schild der Brauerei Haldengut. Auch diese existierte seit kurz vor Mitte des 19. Jahrhunderts. Sie verwendete als eine der ersten eine Flaschenabfüllmaschine mit Gegendruck, welche den Verkauf von Bier in Flaschen ermöglichte! Die Geschäfte liefen so gut, dass man weitere Brauereien hinzuerwarb und die Umbenennung in „Vereinigte Schweizer Brauereien" vollzog. Ab 1904 fand die gesamte Produktion auf den Standort Haldengut statt. Zu dieser Zeit war die Gesellschaft technischer Pionier in ihrer Branche sowohl dank der Transportart wie der Wärme- und Kältetechnik, übrigens in Zusammenarbeit mit der Firma Sulzer. Sehr modern und sozial eingestellt, zeigte sich das Unternehmen ab 1902 durch die Einführung der Gewinnanteilnahme für die Angestellten. Schon früher, beginnend 1894, schaffte es das Freibier ab – immerhin fünf bis sieben Liter am Tag – und ersetzte es durch eine Lohnsteigerung. In den Weltkriegen blieben die Schwierigkeiten nicht aus und ab den 1980er Jahren trat ein starker Konkurrenzkampf hinzu. 1994 kommt es zur Beteiligung von Heineken, der die Produktion vor Ort beendet. Ausschließlich die Verwaltung und das Logistikzentrum von Heineken mit insgesamt 220 Mitarbeitern werden hier untergebracht. Auf einem Teil des Geländes entstehen moderne Wohnungen und 2009 kauft der Kanton Zürich das übrig gebliebene Haldengutareal zwecks Erweiterung des Kantonspitals.

Adelheid nochmals schockiert! In einer Stadt geballt die Auswirkungen wirtschaftlicher Transformationen! Spitzenhersteller von der Erdoberfläche verbannt! Ob diese Entwicklung hätte gestoppt werden können, ob die Firmen frühzeitiger und auf eine smartere Art auf die Veränderungen auf dem Weltmarkt hätten reagieren müssen, diese Studien überließ sie den Experten in Betriebswirtschaft. Sie beobachtete nur mit Entsetzen wie volatil, veränderlich und empfindlich sich die Ökonomie verhielt.

In ihre Heimatstadt München zurückgekehrt, hörten die Entdeckungen nicht auf. Was war mit dem ehemaligen Siemens-Gelände im Stadtteil Sendling geschehen? Entstanden ab 1920 als Keimzelle der Nachrichtentechnik, seit 2010 peu à peu aufgegeben und verkauft. Einige neue Wohnblöcke mit teilweise avantgardistischer Architektur, das *Campus Süd* mit 1370 Wohnungen, waren errichtet worden, aber mehrere Bauten befanden sich nach ca. 14 Jahren immer noch im Originalzustand. Zwischenzeitlich hatte ein Gebäude eine Nutzung als Flüchtlingsunterkunft genossen, musste dann in aller Eile geräumt werden, da eine Ummodelung unmittelbar bevorstand. Die trat aber nicht ein! Ebenso wenig eine weitere Zwischennutzung. Die Zugänge mussten sogar zugeschüttet und verbarrikadiert werden, um eine illegale Verwendung der einsturzgefährdeten Räume zu unterbinden. Ein anderes Bauwerk, über lange Zeit das höchste Bürogebäude der Stadt, war mit Asbest belastet. Hier gestaltete sich die Neugestaltung zugegebenermaßen schwieriger. Immer wieder Pläne, immer wieder Rückschläge. Nichts tat sich, obwohl die Stadtverwaltung ständig auf die Notwendigkeit von Wohnraum hinwies. Hier war Substanz vorhanden, die über Jahrzehnte hinweg ungenutzt blieb und vor sich hin moderte. Waren die Vorschriften zu streng? Liefen den Bauunternehmen mit der Zeit die Kosten davon? Laut Zeitungsbericht ist vor Sommer 2025 nicht mit einem Baubeginn zu rechnen. Aber auch der 14 ha große Siemens Park, von der Stadt zwar erworben, erleidet ein ähnliches Schicksal, denn, obwohl dem Publikum geöffnet, ist er leider immer noch nicht umgestaltet.

Mit solch einer ungünstigen Preisentwicklung sah sich wohl eine Baufirma konfrontiert, die „das südliche Eingangstor" zu München in Angriff genommen hatte. Monatelang behinderten riesige Lastwagen den Verkehr an einer stark befahrenen Straße. Monatelang wurde in die Tiefe gegraben. Eines Tages Stillstand. Über Monate hinweg! Würde da noch etwas kommen? Oder war es das Ende? Die Ausgaben für den Bauträger und die wochenlangen Unannehmlichkeiten für die Autofahrer, alles sinnlos gewesen?

Auf der gegenüberliegenden Straßenseite von dieser Baustelle, die angeblich ein sechzehnstöckiges Hochhaus ergeben sollte, stand ein Bauwerk abrissreif. Die Mieter waren schon vor etlichen Jahren hinauskomplimentiert worden, denn dort sollte Neues entstehen. Ein Zaun wurde drumherum aufgestellt, mal etwas im Garten angerichtet, aber auch hier kam nichts voran. Staunend fuhr Adelheid fast täglich an diesen unterbrochenen bzw. ad acta gelegten Zukunftsvisionen vorbei. Gehörten auch solche Unternehmungen zu den immerfort monierten, zu jenen, die durch die bürokratischen Vorschriften behindert werden, die den Fortschritt unseres Landes lähmen?

Nicht weit entfernt, im Stadtteil Sendling, steht ein von außen in bunten Lettern beschriftetes Gebäude, das *Sugar Mountain*. In ihm finden Theater, Musik, Tanz, also Kulturveranstaltungen statt. Für die kostenlose sportliche Betätigung auf Skatepark, Basketball-Feldern, Tischtennisplatten und Boxhalle ist ebenfalls gesorgt. Diese Nutzung für eine immerhin 7.500 qm große Außenfläche sowie 2.000 qm überbaute Fläche erfolgte im Juli 2021 während des Lockdowns. Aber dieser Koloss hatte selbstverständlich eine Vorgeschichte! Es handelt sich um das ehemalige Katzenberger Betonwerk. 1925 gegründet und 2004 aus wirtschaftlichen und städtebaulichen Gründen geschlossen. Es produzierte Beton, Zement und Kalksandstein für den Bau von Gebäuden, Straßen- und Infrastrukturprojekten sowie Fertigteile, Rohre und andere Bauelemente. Keine umweltfreundliche Fertigung inmitten eines inzwischen dicht besiedelten Wohngebiets. Ebenso wenig trugen die täglich verkehrenden 175 LKWs zu einer gemütlichen Wohnatmosphäre bei. Die Schließung des Werkes gab der Bevölkerung bestimmt Anlass zur Freude. Was inzwischen aus der Übergangslösung *Sugar Mountain* mit seinen Angeboten werden soll, steht fest. Umbenannt in *Sugar Valley* sollen 150.000 qm Miet- und 20.000 qm Freifläche entstehen, wobei ein ehemaliges Siemensgelände hinzugenommen wird. Weder beim Bau dieser 200 Mietwohnungen und Büros noch bei deren Betrieb soll die Umwelt mit einem zusätzlichen CO_2-Ausstoß belastet werden. Im Gegenteil: Es soll ein nachhaltiges Quartier durch die Verwendung von Energie aus natürlichen Ressourcen realisiert werden. Geothermie und Wärmepumpen kommen zum Einsatz. 60 % der Dachflächen werden mit Photovoltaik-Anlagen bestückt und zur Begrünung 150 Bäume angepflanzt. Diesen wohlklingenden Ankündigungen fehlt leider die Angabe eines offiziellen Baubeginns! Neuerdings spricht man vom Frühjahr 2025!

Ebenfalls in München befindet sich der 2021 eröffnete Konzertsaal, der den Namen „Isarphilharmonie" trägt. Er ist in der denkmalgeschützten ehemaligen Lagerhalle für Trafos des benachbarten Heizkraftwerks untergebracht. Es handelt sich um einen Industriebau, äußerlich mit Backsteinen verkleidet. Die Stahlbetonkonstruktion ist samt Lastenkran unter historischer Glasdecke im Foyer sichtbar. Die Vergangenheit des Gebäudes wird nicht verheimlicht oder vertuscht. Ganz im Gegenteil: In unserem modernen Zeitalter gehört es sich, ein industrielles Flair zu unterstreichen. Durch die Kargheit der Halle wird an die Originalbestimmung des Baus erinnert.

Für einen Flak-Bunker im Hamburger Stadtteil St. Pauli hat man eine brauchbare Lösung gefunden. Dieses 1942 von Zwangsarbeitern errichtete Gebäude wurde umfunktioniert in ein Hotel inklusive Mehrzweckhalle für Sport und Kultur. Dem ursprünglichen Bau wurden nicht nur ein paar Stockwerke hinzugefügt, es befindet sich darüber auch ein Dachgarten, der als natürliche Klimaanlage fungiert. Während beispielsweise in München ehemalige NS-Bauten sinnvoll genutzt werden, indem sie die Musikhochschule, ein Stadtarchiv bzw. Kunst beherbergen, tun sich andere Städte schwer mit einer adäquaten Verwendung. In Nürnberg befindet sich das riesige Reichsparteitagsgelände, welches allein durch seine Größe eine enorme Herausforderung für die

Stadtverwaltung bedeutet. Mehrere Gebäude sind einfach der fortschreitenden Verwesung ausgesetzt. Das Gras kriecht im Mauerwerk hindurch und richtet großen Schaden an. Erhalten oder abreißen? Es handelt sich zweifelsohne um eine schwer lösbare Kostenfrage. Einerseits sollen die Gebäude als Mahnmal bestehen bleiben, andrerseits soll die Ideologie ausgerottet werden. Die Stadt Nürnberg hat der Errichtung eines Opernhauses im Innenhof der ehemaligen hufeisenförmigen Kongresshalle zugestimmt. Bis 2027 solle es fertiggestellt sein. Damit wäre ein kleiner Teil einer neuen Verwendung zugeführt, der Rest dient der Geschichtsbelehrung bzw. als Anschauungsmaterial für einheimische und ausländische Touristen. Die Bewältigung der NS-Vergangenheit fällt offensichtlich schwer, wie auch das Beispiel des Gebäudes in Prora auf Rügen beweist. Es findet inzwischen Verwendung in Form von Ferienwohnungen, Hotel und Dokumentationszentrum.

Manche Kliniken, Schwimmbäder, Einkaufszentren, Brücken, Autobahnteilstrecken oder Bahnhöfe werden nach einer bestimmten Nutzungsdauer aufgegeben und dem Verfall überlassen. Ausgediente Fabriken, die nicht zu Industriedenkmälern taugen, verkommen zu Ruinen. Ebenso ergeht es ehemaligen Militäranlagen, so wie z. B. den Maunsell Sea Forts, eine Seefestung zur Verteidigung Englands im 2. Weltkrieg in der Themsemündung. Die 1986 verseuchte Gegend um Tschernobyl ist sogar komplett unbewohnbar geworden. Es handelt sich um vergessene Orte, „lost places" oder „abandoned premises", die u. a. aus politischen Gründen aufgegeben wurden. Heutzutage werden viele von ihnen von „urban explorers" aus Abenteuerlust oder Geschichtsinteresse aufgesucht.

Wie die Gewinnung von Naturstoffen einen Landstrich verändern kann, zeigt der Ziegeleipark in Brandenburg. Hier wurde Ende des 19. Jahrhunderts ein Tonvorkommen entdeckt. Das Material fand in Ziegeleien Verwendung, immerhin 34 an der Zahl, zu ihrem Höhepunkt 1911 mit 63 Ringöfen. Auf Lastkähnen wurde das Gut über Havel und Kanälen nach Berlin geschafft. Die entstandenen Tongruben füllten sich im Laufe der Jahre mit Wasser, sodass um die 50 künstliche Seen entstanden. Heute ist der Park eine Touristenattraktion.

Die Landschaft in der Lausitz und im Mitteldeutschen Revier hat sich durch den Braunkohleabbau stark gewandelt. 80.000 Menschen arbeiteten in dieser Region, die die Stromversorgung für die ganze DDR gewährleistete. Nach der Wende wurden allerdings 90 % des Personals entlassen; ein Wegzug für die Mehrzahl unumgänglich. Im Hinblick auf die Klimaziele der Regierung soll nun der Kohleabbau bis spätestens 2038 abgeschlossen sein. Die Wiederherstellung des Geländes steht an. Man schätzt, dass Rotationsfruchtfolgen zu einer Verbesserung der Bodenqualität führen und somit 10 % landwirtschaftlich genutzt werden können. Ein Großteil ist allerdings zur Aufforstung vorgesehen. Die Flutung einer Fülle an Tagebaurestlöchern erzeugte eine Unzahl von Seen. Auf diese Weise bildete sich die größte künstliche Seenlandschaft in Europa; unter der Begründung, sie stelle die beste Entwicklung für das europäische Kulturerbe einer bedeutenden Kulturlandschaft dar, erhielt die Region 2018 den Europäischen Gartenpreis.

Das berühmteste Beispiel von Deindustrialisierung und Umwandlung einer industriell genutzten Region auf deutschem Boden ist sicherlich das des Ruhrgebiets. Ab dem 18. Jahrhundert erfolgte der Abbau seiner reichhaltigen Kohlevorkommen zur Befeuerung in Eisen- und Stahlhütten. Für den Materialtransport wurden Eisenbahnverbindungen geschaffen sowie Kanäle gebaut. In der Völklinger Hütte, einem Eisenwerk, arbeiteten auch Frauen. Bezeichnet wurden sie als „Erzengel", denn sie trugen in Körben auf dem Kopf an die 35 Kilo Erz von den Schiffen bis ins Werk. Nach ca. 100 Jahren in Betrieb schloss die Fabrik 1986 aufgrund der Billigkonkurrenz. Heute funktioniert die Anlage als Industriemuseum in Kombination mit Kunstinstallationen.

Die Zeche Zollen wiederum war angesichts ihrer modernen Fördertechnik das Prestigeobjekt der größten Bergbaugesellschaft des Kaiserreichs. Sie diente als Zeugnis des industriellen Fortschritts. Neben einem Museum beherbergt sie nunmehr das Forschungsinstitut der Montangeschichte.

Bereits 1957/58 hatte die Kohle-, kurz darauf die Stahlkrise angesetzt. Die letzte Zeche schloss 2018, daraufhin setzte der Strukturwandel ein, der die Gegend in das Weltkulturerbe Zeche Zollverein verwandeln sollte. Dazu gehört auch das als Naturerholungsgebiet genutzte Ruhrtal. Zur Zwischennutzung ließ sich z. B. 1962 die Firma Opel mit drei Automobilwerken in Bochum nieder. Geschlossen wurden sie endgültig 2014. Auch hochtechnologische, kleine und mittlere Unternehmen etablierten sich in der Region, sodass 1985 das Technologiezentrum Dortmund entstand. Hier arbeiten inzwischen 10.000 Beschäftigte in 300 Unternehmen.

Nichtsdestotrotz mussten 2,5 Millionen Euro in den Strukturwandel investiert werden. Daraus entstammen Industriedenkmäler und Landschaftsparks, wie der 200 ha große Emscher- und Duisburg-Nord-Park, um das stillgelegte Hüttenwerk der Thyssen AG errichtet. In ihnen sind sowohl die industrielle als auch die postindustrielle Landschaft berücksichtigt. Sie sind Teil des 700 km langen Wegenetzes der Route der Industriekultur, konzipiert als touristische Themenstraße zur Illustration der Industriegeschichte. Es handelt sich um das weltweit größte touristische Netzwerk zur Zurschaustellung der industriellen Vergangenheit einer zusammengehörigen Region. Es beinhaltet u. a. Museen, Ausstellungräume und Aussichtstürme; in der Gebläsehalle entstand ein Konzertsaal, im Gasometer ein Tauchzentrum. Als Höhepunkt wird Essen 2010 zur Kulturhauptstadt Europas gekürt. Das Gebiet verzeichnet 7 Millionen Besucher im Jahr. Somit setzt der Wandel in eine Tourismusregion ein, eine Verlagerung in den Dienstleistungssektor. Während in den Städten also der Versuch unternommen wird, nicht mehr industriell genutzte Gebäude zu Wohnungen umzufunktionieren, finden von der Industrie aufgegebene Areale Verwendung als Museen und als Beispiele der Geschichtsbetrachtung. Inzwischen ist allgemein bekannt, dass auch die Infrastruktur landesweit sanierungsbedürftig ist; der Einsturz der Carolabrücke in Dresden war das markanteste und erschreckendste Beispiel hierfür.

Noch Industriestandort?

Im Jahre 2024 sehen sich die Unternehmen in Deutschland durch zu hohe Steuern, erhöhte Energiekosten, mangelnde Digitalisierung und der komplizierten Bürokratie in ihren Wachstumsmöglichkeiten ausgebremst. Die Prognosen sind bescheiden, wenn nicht direkt schlecht. Aus diesen Gründen lagern etliche Konzerne ihre Produktion in andere Länder aus, z. B. die USA, die mit ihrem *Inflation Reduction Act* ausländische Gesellschaften mit Steuererleichterungen ins Land locken. Einige Beispiele der realisierten oder geplanten Sparmaßnahmen deutscher Firmen: Die *Bosch AG* streicht bis Ende 2025 2.000 Stellen in der BRD, bis Ende 2026 zusätzliche 950 und weltweit nochmals 250. *Continental* entlässt von seinen insgesamt 203.000 Mitarbeitern 1750 in Forschung und Entwicklung, in der allgemeinen Verwaltung 5400. 40 % dieser Kündigungen werden in Deutschland durchgeführt, wo bis 2025 zwei Standorte komplett geschlossen werden. *Covestro* aus Leverkusen baut lieber gleich das größte Werk der Welt für thermoplastische Polyurethane in China. *BASF* errichtet ebenfalls in China eine Fabrik, die aber bereits seit 2018 in Planung gewesen sein soll. Der Chemiegigant mit weltweit 112.000 Mitarbeitern, davon 51.400 in Deutschland, entlässt 2.600 Angestellte, davon zwei Drittel in Deutschland. Der traditionsreiche Hauptsitz mit derzeit 38.700 Beschäftigten soll dennoch in Ludwigshafen bestehen bleiben. *Webasto*, ein bayerischer Autozulieferer, reduziert seine Belegschaft von 16.000 um mindestens jedes zehnte Mitglied, wahrscheinlich sogar um mehr. *Kärcher* verlagert einen Geschäftsbereich nach

Lettland; das entspricht dem Abbau eines Viertels der Arbeitsplätze des Spezialfahrzeugherstellers hierzulande. Ebenfalls ins Ausland verlegt das 23.000 Mitarbeiter zählende Unternehmen *Miele* den größten Teil der Waschmaschinenproduktion von Gütersloh nach Polen. Allein in Gütersloh werden auf diese Weise 700 Stellen gestrichen, insgesamt sogar 2.700. *Stihl* seinerseits realisiert das geplante Neubauprojekt in Ludwigsburg nicht und transferiert es lieber in die Schweiz. Dort seien die Gehälter zwar höher, Steuern und Energiekosten hingegen niedriger! Und für die Akkuproduktion fiel verständlicherweise aus Kostengründen die Wahl auf Rumänien. *Viessmann* wiederum hat die Wärmepumpenabteilung bereits vor einigen Monaten an die amerikanische Firma *Carrier* verkauft.

Fazit: 35 % der deutschen Unternehmen betrachten eine Fertigung im Ausland als kostengünstiger. Sogar Wirtschaftsminister Robert Habeck sowie Finanzminister Christian Lindner erklären den Standort Deutschland als nicht mehr wettbewerbsfähig! 2024 ist die Produktionsleistung im Lande um 5,5 % niedriger als 2023. Nicht nur dass hier die Investitionen um 18 % gefallen sind, sie sind bevorzugt in die USA abgewandert. Es handelt sich um 15,7 Milliarden Dollar, fast doppelt so viel wie im Jahr zuvor. Die USA setzen auf das sogenannte *Reshoring*, ein Zurück auf die verstärkte Eigenproduktion, was auf eine Reindustrialisierung hindeutet. Sowohl der technologische Fortschritt wie die Automatisierung haben die USA wettbewerbsfähiger gemacht. Diese neue Situation bietet durchaus Chancen für deutsche Unternehmen. Allein die deutsche Chemiebranche investiert 40 % in den USA, 27 % in der EU und 20 % in China, das übrigens mit 43 % der größte und schnellste Chemiemarkt der Welt ist! Und es steht fest, dass derjenige, der der Heimat den Rücken gekehrt hat, nicht zurückkommt! Man spricht vom *„invented in Germany – made somewhere else"* und vom *„Goodbye, Deutschland."* Im Übrigen sind die Patentanmeldungen im KI-Bereich in den USA und China zehnmal größer als in der BRD!

Neben diesem ständigen, unaufhaltsamen Abfluss deutscher Investitionen ins Ausland sind zugleich die Investitionen europäischer Nachbarn in Deutschland eingebrochen. 70 % der deutschen Investitionen hingegen wurden in europäischen Staaten getätigt! Tatsache ist, dass Deutschland durch die Abkehr vom Verbrennungsmotor seine Vormachtstellung in einer seiner wichtigsten Industriesparten verloren hat. Der Anteil des verarbeitenden Gewerbes an der gesamten Bruttowertschöpfung ist in Deutschland um 21 % gesunken, während er im EU-Durchschnitt mit 17 % weniger gravierend ausfiel. Diese Deindustrialisierung ist eine gängige Entwicklung innerhalb des sozialen und wirtschaftlichen Wandels. Der Reduktionsprozess in einem Sektor bewirkt im Allgemeinen die Entstehung neuer Zweige. Durch die Transformation erwächst zunehmend eine wissens- und forschungsbasierte Dienstleistungswirtschaft. Es handelt sich um einen anerkannten, verbreiteten Prozess, in dem die herkömmliche Industrie an volkswirtschaftlicher Bedeutung verliert, wie die Geschichte zeigt. Nach dem Zweiten Weltkrieg, in den 1950er und 1960er Jahren, erfolgte der Umbruch von der Schwerindustrie zur leichten Industrie. Die Konsequenz war Arbeitslosigkeit im Ruhrgebiet und Saarland. In den 1980er und 1990er Jahren setzte dann der Niedergang von Bergbau, Stahl- und Textilindustrie ein. Hiervon war hauptsächlich Ostdeutschland nach der Wende betroffen. In den USA ist der *Rust Belt*, der Rostgürtel erwähnenswert. Dieser war der ehemalige *Manufacturing Belt*, die größte und älteste Industrieregion der USA. Er befand sich in dem Gebiet der Großen Seen. In der Krise der 1970er Jahre verlieren in Detroit durch das Verschwinden der Stahlindustrie 60 % der Beschäftigten ihren Arbeitsplatz. Daraufhin sind ein Ansteigen der Kriminalität und ein urbaner Verfall zu verzeichnen.

In Frankreich setzte die Deindustrialisierung Anfang 1970 ein. Grund dafür war nicht allein die Billigkonkurrenz aus dem asiatischen Raum. Die technologischen Evolutionen wurden weder rechtzeitig erkannt noch bewältigt, die Veränderungen in den Präferenzen der Konsumenten nicht wahrgenommen, so wenig wie die Überbewertung des Euro. Man konzentrierte sich auf die Forschung und Erlangung von Patenten. Statt Fabriken entstanden „*fabless*" Unternehmen, d. h. die Fertigung wurde ins Ausland verlegt. Somit wanderten die ehemaligen Industriearbeiter in den öffentlichen Dienst ab, in Gesundheitswesen, Bildung, soziale Einrichtungen etc. Dadurch entstanden Mehrkosten für den Staat mit Verschuldung als Folge. Der primäre Sektor mit Landwirtschaft, Fischerei und Erzförderung ging stark zurück. Somit nennt sich im Jahr 2000 das Industrie- in Wirtschaftsministerium um. Ersteres erinnerte an gefährliche und schadstoffhaltige Industrien, was durch die neue Bezeichnung in Vergessenheit geraten sollte. Während früher die industriellen Aktivitäten die Struktur der Städte bestimmten, sind es heute die Einkaufszentren. Während sich früher die Fabriken in der Nähe der Rohstoffvorkommnisse mit Kohle und Eisen, der Wasserläufe oder Eisenbahnlinien niederließen, siedeln sich heutzutage die Lagerhallen der Lieferketten, also keine Produktionszentren mehr, neben den Autobahnen an. Man bevorzugt eh den Transport mittels LKW statt der Bahn. Bei den neuerdings gewählten Standorten handelt es sich oft um jene ehemaliger Industrieregionen, die sich inzwischen durch Arbeitslosigkeit auszeichnen. Diese prekäre Situation ermöglicht den Firmen ein verstärktes Lohndumping; zugleich erhalten sie Subventionen durch die örtlichen Gemeinden. In Schumpeters Worten: „Eine kreative Destruktion". Die Logistik entwickelt sich zur fünften Säule der Wirtschaft, in der der Fabrikarbeiter, der Blaumann, durch jenen im Bereich Logistik ersetzt wird. Dieser neue Depotarbeiter verkörpert das heutige Proletariat. Er identifiziert sich keineswegs mit dem Unternehmen, von dem er wiederum keine Wertschätzung erhält. Sein Lebensstandard ist niedrig, der Personalwechsel enorm. Ähnlich ergeht es den „unsichtbaren Arbeitern", die sich im Pflegeeinsatz befinden. Es handelt sich zu 87 % um Frauen. Sie verrichten die „dirty work", stellen die „servant class" dar, immerhin an die 1,3 Millionen Menschen in Frankreich! Man spricht von der „silver economy", jener für die ältere Generation. Die ökonomischen Aktivitäten verlaufen nunmehr auf drei Ebenen: 1. dem Primärsektor auf der untersten Stufe mit Selbstversorgung und Tauschhandel, was als materielle Gesellschaft bezeichnet wird; 2. das Handelswesen mit Läden und Boutiquen; 3. der internationale Handel im Kapitalismus.

Man bedenke, dass Schwellenländer sich sogar noch schneller deindustrialisieren, denn sie haben den Höhepunkt der Industrialisierung nie erreicht.

Der heutige Schwerpunkt hat sich überwiegend und eindeutig auf die Informations- und Kommunikationstechnik verlagert. Die Entwicklung, die sowohl die deutsche als auch andere Industrien derzeit durchmachen, ist schon längst in der Volkswirtschaft beschrieben. Sie schuf die drei Sektoren-Hypothese: Nach der Etappe der Rohstoffgewinnung folgt jene der Verarbeitung, dem sekundären Sektor, um in jener der Dienstleistung, im tertiären, zu enden. Letzterer entsteht durch technologischen Fortschritt, Automatisierung, Globalisierung und erzeugt steigenden Wohlstand. Er beinhaltet den Handel, den Verkehr, die Verwaltung, die Bildung, die Gesundheit und vielerorts den Tourismus. Ab Mitte des 20. Jahrhunderts steigt er in Deutschland an und bringt eine Werteverschiebung mit sich. Die Faktoren Zeit und Bildung gewinnen an Wert, während die Individualisierung mitsamt der Vergeistigung der Arbeit zunehmen. 2014 teilen sich die Sektoren in Deutschland wie folgt auf: Im tertiären sind 73,9 % der Bevölkerung beschäftigt, im sekundären 24,6 % und im primären lediglich 1,5 %! Im Grunde genommen befindet sich das Land bereits im quartären Sektor, in der Informations- statt der Dienstleistungsgesellschaft.

Durch die Kriege in der Ukraine und im Nahen Osten profitieren einige Sektoren, an erster Stelle die Rüstungsindustrie. Der Technologiekonzern Diehl, ein Familienunternehmen mit insgesamt 17.700 Mitarbeitern, vergrößert 2023 in der Sparte Defence sein Personalvolumen von 582 auf 3.800! 2024 nimmt er noch weitere 500 bis 600 in der Autoindustrie frei gewordene Angestellte hinzu. Die Firma verzeichnet 2023 eine Umsatzsteigerung von 40 % auf 1,14 Milliarden Euro. Der noch größere in Düsseldorf ansässige

Konzern Rheinmetall zählt 30.000 Beschäftigte an insgesamt 167 Standorten und sein Umsatz beträgt 7,2 Milliarden Euro. Er erhält mehrere Aufträge der Bundeswehr, wie jener über 6500 Militär-LKW in einem Auftragsvolumen von 3,5 Milliarden Euro, von Artilleriegeschossen im Wert von 8,5 Milliarden Euro, für dessen Herstellung er extra ein Werk in Unterlüß baut. Zusätzlich geht er ein Joint Venture mit der italienischen Firma Leonardo zur Produktion von Kampffahrzeugen ein und in Ungarn soll der Kampfpanzer Panther fertig entwickelt und anschließend produziert werden. Bei der Rüstungsindustrie kann also nicht im Geringsten von einem Nachlassen die Rede sein.

Es entstehen neue Wissensbereiche wie z. B. die Kollapsologie, die sich mit dem Zusammenbruch unserer industriellen Zivilisation und das, was ihr folgen könnte, beschäftigt. Sie wurde 2010 von Pablo Servigne ins Leben gerufen, nachdem er über die Ökologie der Ameisen promoviert hatte. Er vertritt die Meinung, dass unser Ressourcenverbrauch zu diesem Zusammenbruch führen wird. Grundbedürfnisse wie Wasser und Nahrung werden für viele nicht mehr zu einem vernünftigen Preis verfügbar sein. Durch einen Dominoeffekt wird dieser Zustand bis 2030 eingetreten sein. Das Überleben wird nur durch Kooperation der Menschen untereinander möglich sein. Neben dieser Theorie existiert die Ökosophie, die der Psychiater Felix Guattari und die Tiefenökologin Arne Naess aufgestellt haben. Sie setzen sich für das ökologische Gleichgewicht ein, predigen eine Art von Harmonie und stellen die sozialen Beziehungen in den Vordergrund. Durch die Pandemie entstand die Stadtmüdigkeit. Man spricht derzeit von Ökoplätzen,

Ökodörfern oder Ökochalets. Dann wäre da noch die Permakultur; der Begriff ist eine Zusammensetzung aus den englischen Worten „permanent" = „ständig" und „agriculture" = „Landwirtschaft". Sie erhebt den Anspruch, die Kreisläufe der Natur nachzuahmen. Sie sorgt für den Erhalt der Erde und des Menschen, sie bemüht sich um den Einsatz von lokalen Materialien, erneuerbarer Energien und Lebensmittelunabhängigkeit.

Auch wenn sowohl dieser menschliche als auch der industrielle oder der städtische Verfall gewissermaßen unaufhaltsam erscheinen, kann es Hoffnung geben, wie sie der sterbende Kommissar Bärlach in Friedrich Dürrenmatts „Der Verdacht" äußert: „Man stirbt", dachte er (Bärlach); „einmal stirbt man, in einem Jahr, wie die Städte, die Völker und die Kontinente einmal sterben. Krepieren", dachte er, „dies ist das Wort: krepieren – und die Erde wird sich immer noch um die Sonne drehen, in der immer gleichen, unmerklich schwankenden Bahn, stur und unerbittlich, in rasendem und doch so stillem Lauf, immerzu, immerzu.". In welchem Zustand wir diese stetig sich bewegende Erde unseren Nachkommen hinterlassen, sei dahingestellt. Aber vollkommen vernichtet wird sie hoffentlich nicht sein.

Bibliographie

Allende, Isabel, „Violeta", Berlin 2022
Barbery, Muriel, „L'élégance du hérisson", Paris 2006
Beauvoir, Simone de, „Das Alter", Hamburg 2000
Beauvoir, Simone de, „Une mort très douce", Paris 1964
Camus, Albert, „Der Fremde", Düsseldorf 1948
Cohen, Albert, „Das Buch meiner Mutter", Stuttgart 1984
Duby, Georges, „Guillaume le Maréchal oder der beste aller Ritter", Frankfurt1987
Dürrematt, Friedrich, „Der Verdacht", Hamburg 1977
Elias, Norbert, „Über die Einsamkeit der Sterbenden in unseren Tagen", Frankfurt 1982
Eribon, Didier, „Vie, vieillesse et mort d'une femme du peuple", Paris 2023
Fourquet, Jerôme, „La France sous nos yeux", Paris 2021
Marias, Javier, "Mein Herz so weiß", München 1998
Nunez, Sigrid, „Was fehlt dir", Berlin 2021
Pamuk, Orhan, „Die rothaarige Frau", München 2017
Poe, Edgar Allan, „Ligeia", Stuttgart 1983
Steiner, Katharina, „Kleine Bettlektüre für alle, die mit dem Ruhestand ein neues Leben genießen", Wien
Terzani, Tiziano, „Das Ende ist mein Anfang", München 2010
Tschechow, Anton, „Drei Schwestern und andere Dramen", Frankfurt 2008
Wüstner, Andrea (Hrsg.), „So jung wie die Hoffnung", Stuttgart 2012

Milton Keynes UK
Ingram Content Group UK Ltd.
UKHW031121261124
451585UK00004B/348